W0326697

GILDA PIERSANTI

ROMA ENIGMA

un printemps meurtrier

roman

LEPASSAGE

© Le Passage Paris-New York Editions, 2010

Toute la Garbatella brillait sous le soleil : les rues qui montent avec les petits jardins à la queue leu leu, les maisonnettes avec leur toit en pente et les corniches en plat du jour, les masses de gros immeubles marron avec des centaines de petites fenêtres et de lucarnes, et les grandes placettes avec les arcs et les portiques en fausse pierre tout autour.

P. P. Pasolini, *Una vita violenta*, 1959

Ceux qui apprennent sur la vie d'un autre quelque détail exact en tirent aussitôt des conséquences qui ne le sont pas et voient dans le fait nouvellement découvert l'explication de choses qui précisément n'ont aucun rapport avec lui.

M. Proust, *La Prisonnière*, 1925

L'opinion qu'il faille « reformer en nous le sens de la catégorie de la cause » telle que nous l'avions d'après les philosophes, depuis Aristote ou Emmanuel Kant, et remplacer la cause par les causes, c'était en lui une opinion centrale et persistante : une fixation, presque.

C. E. Gadda, *Quer pasticciaccio brutto de via Merulana*, 1957

LE MEURTRIER

À la fenêtre du dernier étage de l'immeuble du théâtre Palladium, Gabriele arme sa carabine et se met en position de tir, l'œil collé à la lunette. Piazza Bartolomeo Romano, dans le quartier de la Garbatella, à Rome, les passants entrent dans son viseur, puis ils en sortent. Les pulsations de sa paupière gauche se sont arrêtées ; parfois c'est une question de secondes, d'autres fois c'est plus long. Il dirige le canon vers la vitrine, l'enseigne de la pâtisserie Damiani se fige sur sa rétine. Puis elle arrive : Lucetta, sa bienfaitrice. Elle entre dans sa ligne de mire, disparaît à l'intérieur du magasin. Elle n'en sortira pas avant cinq bonnes minutes ; c'est long cinq minutes quand on pointe une carabine.

Tous les soirs Lucetta Baldelli s'achète deux choux à la crème chez Damiani, la meilleure pâtisserie de la Garbatella. Tous les soirs à la même heure, peu avant la fermeture : les gâteaux y sont moins chers. C'est son dîner, avec un bol de lait chaud. Lucetta se couche tôt, pour rien au monde elle ne manquerait la première messe du matin. La voilà qui sort ! Sa silhouette frêle sur le seuil du magasin, une petite boîte en carton suspendue à sa main gauche. Elle a mis son manteau léger de mi-saison et ces chaussures plates qui la font sembler encore plus petite. Gabriele ferme les yeux et il tire.

UN CRIME PARFAIT

Gabriele reposa l'arme dans l'étui grand ouvert qu'il referma. Il enleva le plastique transparent qui protégeait l'appui de fenêtre, le bac à fleurs, les géraniums et le sol ; il le plia sans ôter ses gants et le rangea dans un sac de sport. Puis il referma la fenêtre et quitta le salon. Cet appartement était un peu le sien. Lucetta y vivait seule depuis la mort de son mari, qu'il n'avait pas connu. Enfant, il y passait plus de temps que chez lui. Sa mère rentrait tard du boulot ; des fois, pour la punir, il restait même y dormir. Il posa le sac de sport et l'étui de la carabine devant la porte de la chambre de Lucetta, puis traversa le couloir jusqu'à la porte d'entrée. Il regarda à travers le judas. Le palier était vide. Dans cette petite tour où Lucetta habitait, sorte de fronton à trois étages couronnant le bâtiment du théâtre Palladium, il y avait un appartement par étage ; celui de Lucetta se trouvait au dernier. Les voisins du dessous étaient absents, il s'en était assuré la veille. Dès que le printemps revenait, les Marini ne se privaient jamais d'un long week-end en bord de mer dans leur petit pavillon du côté de Torvajanica. C'était un couple de retraités, il y en avait un certain nombre dans le quartier. Gabriele revint sur ses pas, l'odeur de lait caillé qui imprégnait la maison lui donnait mal au cœur. Il ferma la porte de la cuisine, attrapa le sac de sport et entra dans la chambre de Lucetta. Il se regarda dans la glace, son visage n'avait pas changé. Il venait de tuer une femme qui l'aimait autant sinon plus que sa mère et aucun signe chez lui ne venait témoigner de l'acte qu'il avait commis. Il sourit avec satisfaction, inspecta sa peau, passa un doigt sur l'arête parfaite de son nez et sur les courbes voluptueuses de ses lèvres. Il se plaisait. Surtout ses yeux, d'un bleu si transparent qu'il en était le premier troublé. Lucetta disait qu'elle y voyait le bleu du paradis ; lui y voyait plutôt le reflet d'un autre. Petit, ça lui faisait peur. Il se rappelait qu'il se cachait sous son lit, de crainte que les yeux ne viennent le chercher.

Il se débarrassa de sa combinaison, attentif à chacun de ses gestes. Il la plia et la rangea dans le sac après avoir retiré des poches un marteau et un burin. Lucetta lui avait appris à être ordonné : « Une tête bien rangée, ça commence par plier ses affaires, mon petit Gaby. » Il fit basculer vers le haut le lit électrique, se glissa entre le sommier et le sol, compta cinq carreaux à partir du mur et s'attaqua au joint du carrelage. Il œuvra un moment et finit par desceller le carreau ; il le souleva et trouva la pochette. Lucetta ne lui avait pas menti. Elle mettait un point d'honneur à ce qu'ils se disent toute la vérité. « Tu peux raconter des bobards à tout le monde, mon petit Gaby, lui disait-elle sans arrêt, sauf à moi ! Jure que tu ne me mentiras jamais ! » Il jurait. Ah, les serments qu'il avait faits à Lucetta ! Il les avait tous respectés, jusqu'au dernier. « Tu ne prendras jamais cette pochette aussi longtemps que je vivrai ! Jure-le sur la Bible ! » Il avait juré. Et maintenant, elle devait le regarder de là-haut et se dire qu'il avait tenu sa promesse jusqu'au bout, son petit Gaby ! Il sourit. Il était presque surpris de ressentir si peu d'émotion pour ce qu'il avait fait. C'était à croire que Lucetta n'était pas vraiment morte ! Il soupesa la pochette de velours en la faisant sauter dans le creux de sa main, puis la glissa dans sa poche.

L'appartement était totalement silencieux. Les doubles fenêtres l'isolaient à la perfection. Lucetta avait beaucoup investi pour sa tranquillité. Gabriele se releva pour terminer le travail. La police allait bientôt débouler sur la place et toute la zone serait fermée par des barrages. Un meurtre à la Garbatella, ça ne pouvait que semer la pagaille dans le quartier. Il allait quitter la chambre et récupérer l'étui qu'il avait laissé dans le couloir, quand il crut entendre un bruit. Un bruit familier, la clé qui tourne dans la serrure. Il retint son souffle et tendit l'oreille. Plus rien. Il n'osa pas bouger : la sensation d'une présence... quelqu'un, là-bas, dans l'entrée. Il s'arracha à sa paralysie, fit trois pas et resta cloué sur le seuil de la chambre. Les yeux grands ouverts et les lèvres serrées, revenante surgie des catacombes, Lucetta se tenait debout au fond du couloir. Le choc fut si violent que Gabriele vacilla et dut s'appuyer contre le chambranle de la porte. Il ferma les yeux, posa l'index sur sa paupière qui s'était remise à battre violemment, puis se dit que son imagination lui jouait un mauvais tour. Ce n'était qu'un fantôme, une apparition enfantée par ses nerfs trop éprouvés. Brusquement, le fantôme dit :

– Gaby !

Il rouvrit les yeux : elle était encore là, telle qu'il l'avait vue dans la lunette de sa carabine, silhouette frêle, manteau de mi-saison et petite boîte suspendue à la main gauche. La porte d'entrée n'était pas refermée, la lumière sur le palier s'était éteinte. Saisi de terreur, il se dit qu'elle revenait de l'enfer pour se venger. Mais des deux, c'était elle la plus impressionnée. Impressionnée, mais en même temps rassurée : ce n'était pas un voleur, ce n'était que Gabriele ! Elle le connaissait depuis qu'il était venu au monde. Chez elle, c'était chez lui : comment avait-elle pu penser... Gabriele habitait au rez-de-chaussée avec sa mère et montait chez elle tous les jours, plusieurs fois par jour. Un garçon en or, le fils qu'elle n'avait pas eu, le petit-fils qu'elle n'aurait jamais. Mais aussi le jeune ami qui éclairait ses vieux jours. Depuis bien longtemps, elle ne pouvait plus se passer de ce garçon prévenant et affectueux. Gabriele, le fils d'Albina, une petite écervelée qui avait cru s'attacher son amant en lui faisant un gosse. Et qu'avait-elle obtenu ? Juste que le père s'enfuie et que l'amant se lasse. Mais Albina était trop simple pour ce genre de réflexions : elle avait cru que son amant finirait par reconnaître l'enfant et lui donner son nom, elle avait dû se contenter d'une pension. Ainsi Gabriele s'appela Pollastrini comme sa mère et il ne porta jamais le nom d'Orsini, qui était celui de son père, professeur à l'université La Sapienza de Rome. Avec ses yeux bleus transparents, ses traits délicats et sa taille haute et svelte, Dieu sait pourtant s'il l'aurait porté à merveille, ce nom de prince, son petit Gaby !

Lucetta adressa un sourire à Gabriele et fit un pas vers lui, mais son sourire retomba quand elle vit ses mains gantées de latex et, posé au sol devant sa chambre, l'étui de la carabine. Elle en perdit l'équilibre et lâcha sa boîte en carton. Le souffle lui manquait. Elle se laissa tomber dans le fauteuil qui, avec un petit guéridon, meublait l'entrée. Gabriele accourut. Il ramassa la boîte, la posa sur le guéridon, puis il voulut s'approcher de Lucetta, mais celle-ci le repoussa avec effroi. Alors il lui plaqua une main sur la bouche et l'écrasa contre le dossier. Puis il la souleva et la transporta jusqu'à la chambre à coucher. Envahi par une rage qui lui brouillait la vue, elle lui sembla très légère. Il la projeta sur le lit et lui appliqua un oreiller sur le visage. Ce ne fut pas long, il garda l'oreiller sur le visage de Lucetta bien plus longtemps que nécessaire. Enfin, il lâcha prise. Retrouvant son calme, il se dit que le temps pressait. Il déshabilla Lucetta, maniant avec précaution sa chair plissée et ses membres inertes. Il plia ses vêtements comme il l'avait vue faire de nombreuses fois, les posa sur la chaise à côté du lit, chercha une chemise de nuit propre dans la commode. Puis il l'habilla, la peigna, passa sur ses joues un coton imbibé de crème, l'installa sous les draps, légèrement de côté comme elle avait l'habitude de se coucher. Il accomplit ces gestes avec la rapidité et la précision professionnelle d'un croque-mort. Avant de quitter la chambre et d'en refermer la porte, il jeta un dernier regard à la petite tête posée sur l'oreiller. Elle semblait dormir. Il retourna dans le couloir, ramassa l'étui avec la carabine, le rangea dans son sac de sport. Il releva la tête et s'avança d'un pas, avant de se figer : la porte de l'appartement était restée grande ouverte ! Il se précipita pour la refermer et respira lentement pour calmer les battements désordonnés de son cœur. Quand il eut repris ses esprits, il se retourna et vit sur le guéridon la boîte en carton de chez Damiani. Alors il regarda sa montre, se laissa tomber dans le fauteuil, ouvrit la boîte et engloutit l'un après l'autre les deux choux à la crème de Lucetta.

OH, I CAN'T CLOSE MY EYES

Bloody Monday : tout le monde à la Garbatella s'empara immédiatement de cette expression pour désigner l'affaire. Sur le seuil de la pâtisserie Damiani, Lucetta Baldelli avait laissé tomber une pièce de monnaie ; elle s'était baissée pour la ramasser et c'est Monica Pecorelli qui avait été touchée. La jeune fille, descendue de la Honda sur laquelle l'attendait son petit ami, s'était précipitée chez Damiani pour acheter un mont-blanc, avait bousculé madame Baldelli en train de ramasser sa pièce et avait reçu la balle sur le haut du crâne. Elle était tombée sur le dos, sa tête avait heurté le trottoir où elle gisait encore, ses longs cheveux bouclés dispersés sur l'asphalte, ses jolies jambes repliées.

Sur la scène de crime, l'inspecteur Mariella De Luca luttait contre l'envie d'aller fermer les yeux de la victime, restés grands ouverts. Elle était hypnotisée par ce regard à jamais figé, identique à celui d'un portrait, qui semblait l'interpeller. Si elle n'avait pas jugé déplacé d'ouvrir son carnet à dessin à côté du cadavre, elle aurait tenté sur-le-champ d'en fixer les traits sur le papier.

Mariella attendait l'arrivée du légiste. Silvia Di Santo, sa coéquipière, recueillait les premiers témoignages ; le commissaire divisionnaire D'Innocenzo, patron de la brigade criminelle, dirigeait son équipe. Ils s'étaient déplacés en force, le crime avait semé la panique dans le quartier. La brigade criminelle avait reçu l'appel des carabiniers du poste de la Garbatella à dix-neuf heures sept. Au début, les témoins n'avaient pas compris qu'on avait tiré sur la jeune fille. Lucetta Baldelli, la dame qui avait été bousculée par la victime au moment où elle ramassait sa pièce, s'était relevée et avait cru que la jeune fille venait d'avoir un malaise. Puis voyant ses yeux grands ouverts, elle avait interdit à son petit ami de la toucher et l'avait envoyé chercher d'urgence son médecin, dont le cabinet se trouvait juste à côté. En soulevant la jeune fille devant le petit groupe de curieux qui s'étaient rassemblés en face de la pâtisserie, le Dr Finizio avait fait apparaître une flaque de sang que la position du corps cachait. Il avait ainsi effrayé tout le monde, mais n'avait pas découvert tout de suite la perforation sur le haut du crâne, cachée par la généreuse masse de cheveux de la victime. Après avoir constaté la mort, croyant à une blessure due à la chute sur la bordure du trottoir, il avait inspecté le crâne et découvert l'orifice ouvert par la balle. Le poste des carabiniers se trouvant à cinquante mètres de la place, les forces de l'ordre avaient ensuite pris les choses en main et avaient immédiatement prévenu la brigade criminelle.

L'inspecteur Salesi contenait les journalistes, accourus nombreux : il avait toujours su ménager la presse. L'inspecteur Genovese donnait des ordres depuis son portable, tandis que son coéquipier Casentini discutait avec les techniciens de scène de crime. Mariella De Luca regardait ce petit monde s'affairer à l'intérieur du périmètre sécurisé. Depuis son arrivée sur les lieux, le son avait été comme coupé dans sa tête : elle n'entendait plus rien et suivait les mouvements de ses collègues dans une sorte de ralenti. Elle balaya lentement la place du regard, s'arrêta sur cette espèce de surélévation qui couronnait l'immeuble du théâtre

Palladium : on aurait dit une petite tour. Elle examina ensuite les immeubles un par un. De nombreuses personnes se tenaient aux fenêtres. À l'aide d'un mégaphone, la police avait donné l'ordre à tout le monde de rester chez soi. Mariella fit un tour complet sur elle-même. D'où la balle avait-elle pu partir ? Combien de coups avaient été tirés ? On avait commencé à chercher des douilles dans un rayon de deux cents mètres. Le commissaire D'Innocenzo avait demandé des renforts et constitué des équipes de deux policiers, chargés d'investir les lieux et de bloquer toutes les sorties des immeubles autour de la place. Mais trop de temps avait été perdu avant que la police ne soit informée du meurtre, et l'assassin n'était certainement pas resté là à l'attendre.

Le jour déclinait, le ciel était strié de violet, bientôt on n'y verrait plus rien. Mariella remarqua une fenêtre fleurie de géraniums rouges, puis une autre avec les mêmes fleurs. Elle pensa à son balcon, sans aucune plante, avec une vue parfaitement dégagée sur les ponts et les eaux du Tibre. Elle sortit son carnet de la poche de son jean ; les spirales étaient toutes tordues. L'air concentré, elle se mit à dessiner au beau milieu de la scène de crime. Ses collègues la dévisageaient, ils connaissaient sa réputation. L'inspecteur Genovese s'approcha d'elle et lui demanda :

– Qu'est-ce que tu en penses ?

Il était attiré par cette fille, mais ne se faisait aucune illusion. Ils étaient collègues depuis neuf ans, avaient travaillé ensemble sur de nombreuses enquêtes, s'appréciaient, mais ça n'irait jamais plus loin.

– Je me demande ce qu'elle a dû penser, *elle*, si elle a eu le temps de penser à quelque chose.

C'était le genre de réponse que donnait De Luca.

– La voiture du légiste ne veut pas démarrer, dit Genovese. Il a dit qu'il préférait appeler un taxi plutôt que d'attendre qu'on vienne le chercher.

– Lamberti ? fit Mariella. Je croyais qu'il se faisait opérer de la vésicule.

– C'était il y a quinze jours, répondit Genovese en souriant.

Elle n'avait pas levé les yeux. Il jeta un œil à la feuille, elle dessinait bien. Une Lancia Delta noire arriva à cet instant sur la place, tout le petit monde à l'intérieur du périmètre sécurisé suspendit son action : c'était la voiture de Renata Lo Cascio, la substitut du procureur. Elle en descendit en talons aiguilles et tenue de soirée : on venait manifestement de bousculer ses projets. La juge se dirigea d'un pas royal vers le commissaire D'Innocenzo. Elle se contenta de jeter un coup d'œil rapide en direction du cadavre et s'en éloigna plus vite qu'elle ne s'en était approchée. Mariella continua à dessiner sans bouger.

– Si on ne trouve pas tout de suite d'où est parti le coup de feu, on va s'enfoncer dans la jungle, lui dit Genovese. J'ose à peine imaginer combien d'appartements on va devoir visiter.

– La balistique fera le tri pour nous, dit-elle en relevant la tête.

Elle croisa le regard du commissaire, qui lui fit signe de venir les rejoindre. Elle s'exécuta, Genovese lui emboîta le pas. Renata Lo Cascio embrassa Mariella, ce qui la fit rougir. Elle avait beaucoup d'estime pour la juge, mais elles n'étaient à son avis pas assez intimes pour se saluer de la sorte. Lo Cascio lui avait toujours manifesté ouvertement sa sympathie et elle se plaisait à user avec elle d'une familiarité qu'elle ne réservait à aucun autre policier de la brigade criminelle. Le commissaire D'Innocenzo en était presque jaloux.

– L'inspecteur Di Santo a établi une première liste de témoins, dit-il, elle n'est pas longue. Madame la juge souhaite parler à la vieille dame que vous interrogiez tout à l'heure, où est-elle ?

– On l'a laissée partir, répondit Mariella. Elle était sous le choc.

– On ira la voir demain, intervint Genovese. Elle habite dans l'immeuble du Palladium.

– Vous avez recueilli ses déclarations, fit la juge en s'adressant à Mariella. Qu'est-ce qu'elle vous a dit ?

– Elle a simplement dit qu'elle avait été bousculée par la jeune fille et qu'elle avait entendu le bruit de sa chute, répondit Mariella. Un bruit sourd.

Elle tourna les pages du carnet qu'elle tenait à la main et montra à la juge le portrait de madame Baldelli. Renata Lo Cascio regarda le dessin avec intérêt. Mariella continua :

– Lucetta Baldelli sortait de la pâtisserie où elle venait de s'acheter deux choux à la crème. En recomptant sa monnaie, elle a laissé tomber une pièce de vingt centimes. Elle s'est baissée pour la ramasser et elle a été bousculée par la jeune fille qui est tombée à ses côtés en faisant un bruit sourd, comme un « plouf ». C'est l'expression qu'elle a utilisée : « comme un plouf ». Elle l'a répétée plusieurs fois, elle refaisait le bruit et ne pouvait plus s'arrêter. Elle m'a suppliée de la laisser partir, elle voulait rentrer chez elle. De toute façon, nous n'en aurions rien tiré de plus en la gardant ici. Elle était sous le choc, en tout cas pas en mesure de subir un interrogatoire. Je lui ai dit que je passerai la voir demain matin.

– Très bien, dottoressa De Luca, dit la juge.

Elle se tourna vers le commissaire.

– Vous me communiquerez ses déclarations dès que vous les aurez, dottor D'Innocenzo.

– Est-ce qu'elle connaissait la victime ? demanda-t-elle encore à Mariella.

– Non. La victime, Monica Pecorelli, n'habitait pas le quartier. C'était une étudiante de Roma Tre.

– Nous avons entendu aussi son petit ami, là-bas… dit le commissaire en désignant un jeune homme assis sur une chaise de la terrasse de Damiani, entouré de policiers.

– Edoardo Troiani, mais tout le monde l'appelle Edo, fit Mariella. Rien d'intéressant. Il ne fait que répéter : « Monica sortait de la pâtisserie et elle est tombée raide. »

– Un étudiant de Roma Tre, lui aussi ? demanda la juge Lo Cascio.

– Non, intervint Genovese, il est plombier.

L'inspecteur Salesi arriva à cet instant, en proie à la plus grande agitation. Il salua la juge avant d'annoncer :

– Commissaire, vous savez ce que vient de me dire Giannazzelli, de *La Repubblica* ?

La juge Lo Cascio chercha des yeux le journaliste, qui de loin lui fit un signe.

– Il m'a dit que nous devrions faire gaffe à la date d'aujourd'hui : nous sommes le 16 mars et il y a trente et un ans, jour pour jour, Aldo Moro était enlevé par les Brigades rouges.

Renata Lo Cascio fronça les sourcils, le commissaire resta impassible. Personne ne fit de commentaires. Déçu par l'absence de réactions, Salesi continua :

– Giannazzelli m'a dit aussi que nous devrions contrôler l'identité de la victime : elle s'appelle Pecorelli, il pense qu'elle est peut-être de la famille du journaliste Mino Pecorelli, qui a été assassiné en 1979 parce qu'il en savait trop sur l'enlèvement d'Aldo Moro.

La juge Lo Cascio fixa le commissaire D'Innocenzo, puis elle lui dit :

– Pourriez-vous me raccompagner jusqu'à ma voiture, commissaire ?

LA MADELEINE

Quand il la vit pour la première fois sur le petit écran, au journal de vingt heures, ce fut le coup de foudre. Elle lui rappelait la *Madeleine* de Piero di Cosimo, au Palazzo Barberini : longs cheveux auburn bouclés, visage effilé, regard pensif, lèvres légèrement entrouvertes. Monica Pecorelli : ce nom ne lui disait rien. L'avait-il déjà croisée à la fac ? Impossible, il s'en souviendrait. Une telle beauté !

Après avoir quitté l'appartement de Lucetta, Gabriele était descendu au sous-sol pour replacer la carabine dans la trappe de la voûte de la cave où elle était restée cachée pendant soixante-cinq ans. Il y avait glissé aussi son sac de sport. Il était ensuite remonté chez lui, au rez-de-chaussée. Le dîner était prêt, la table était mise dans la cuisine. Il avait faim, il n'avait rien avalé de la journée, à l'exception des deux choux à la crème. Ayant entendu le bruit étouffé des sirènes depuis leur appartement sur cour, sa mère lui avait dit :

– Il s'est passé quelque chose sur la place, on devrait aller voir.

Il l'en avait dissuadée en disant qu'il avait effectivement aperçu en rentrant des voitures de police sur la place, mais qu'il devait s'agir d'un banal accident. Il avait allumé la télévision, comme tous les soirs, et la nouvelle avait été donnée en ouverture du journal. En comprenant qu'une jeune fille était morte à la Garbatella, sa mère, qui était debout en train d'apporter le dîner, avait lâché le plat qu'elle tenait dans les mains. *Spaghetti all'amatriciana*, elle s'en était mis plein la robe. Des traînées rouges avaient taché le tissu clair, elle s'était précipitée dans la salle de bains pour le nettoyer. Quand la journaliste avait annoncé qu'il s'agissait d'une étudiante de Roma Tre, inscrite en deuxième année d'histoire de l'art, Gabriele avait senti les pulsations de sa paupière s'accélérer. Puis il avait été en proie à mille émotions diverses tandis que la journaliste égrenait les détails : « ... à Rome, dans le très populaire quartier de la Garbatella... Monica Pecorelli... mortellement touchée par balle. Les hommes de la brigade criminelle... sur le lieu du crime... »

Sa mère lui parlait en même temps depuis la salle de bains mais sa voix était couverte par le bruit de l'eau et le son de la télévision. Le visage de Monica Pecorelli apparut de nouveau sur l'écran. « Pourquoi cette balle, Gabriele ? » l'entendit-il alors lui demander. Il bloqua sa paupière avec son index puis ferma les yeux.

« Ce n'était pas pour toi, Monica ! C'était pour Lucetta. Toi... C'est le hasard ! Si je t'avais vue, je n'aurais pas tiré ! Lucetta s'en est sortie, mais pas pour longtemps. Elle ne méritait pas de vivre. Toi, Monica, tu mérites de vivre. »

– Alors, mon petit Gaby, qu'est-ce qui lui est arrivé à cette fille ? demanda sa mère en revenant dans la cuisine.

– On lui a tiré dessus, répondit Gabriele.

LOT 12

« Et si je gardais cet enfant ? » se demanda Mariella.

Après une période de rejet puis une autre pendant laquelle elle s'était conduite comme si rien ne lui était arrivé, elle avait entamé son troisième mois de grossesse avec la volonté de prendre une décision, avant qu'aucune décision ne soit plus possible. Elle avait gardé le secret avec tout le monde, même avec Silvia, qui sans comprendre pourquoi voyait pourtant bien qu'elle avait changé.

Ce matin-là, le lendemain du meurtre de Monica Pecorelli, Silvia se gara Piazza Bartolomeo Romano, à la Garbatella, coupa le moteur et dit à Mariella assise à ses côtés :

– L'affaire s'annonce compliquée. J'ai l'impression qu'au niveau émotionnel, nous allons tous subir les conséquences de *Bloody Monday*. Alors nous avons besoin que tu nous reviennes. Tu ne serais pas un peu malade, par hasard ?

Mariella ouvrit la portière et répondit en sortant de la voiture :

– Tu ne dois pas te mêler de ce qui ne te regarde pas.

Elle le dit avec une faiblesse dans la voix qui calma d'emblée la colère de Silvia.

– Ce qui m'inquiète chez toi, répliqua Silvia, c'est que tu ne bois plus de café. Or, de deux choses l'une : ou tu es malade, ou tu n'es plus toi-même. Dans les deux cas, ça me regarde !

Elles passèrent d'abord chez Damiani, Mariella voulait acheter deux choux à la crème pour les apporter à madame Baldelli.

– Pour accéder à l'immeuble du Palladium, on entre par la Via Cravero ? demanda Silvia à la patronne.

– Oui. Ou par la Via Passino. Le Lot 12 a deux entrées.

Les gens de la Garbatella parlaient toujours du numéro de Lot quand ils voulaient indiquer un immeuble du quartier. C'était une des particularités de ce langage codé qui distinguait d'emblée les vieux résidents des nouveaux, plutôt enclins à nommer les rues et les places pour se repérer.

En remontant la Via Cravero, Mariella voulut rassurer Silvia :

– Si je te donne une explication, tu me promets de me lâcher ?

Silvia hocha la tête en souriant.

Arrivées devant l'immeuble, elles traversèrent un grand jardin planté de lauriers, de hauts magnolias et de pins parasols. Mariella s'arrêta sous un magnolia, elle en respira l'odeur, inexistante au demeurant. Silvia patientait.

– Allergie à la caféine, dit enfin Mariella. J'ai dû arrêter le café pendant trois mois, je vais faire bientôt de nouvelles analyses.

– Quelles analyses ? demanda Silvia.

Mariella savait mentir, sa vie d'avant Paolo l'y avait habituée.

– Tu sais garder un secret ?

Silvia acquiesça.

– Je vais te confier quelque chose que tu ne dois répéter à personne : je suis effectivement malade. Rien d'inquiétant, mais…

Silvia pâlit.

– C'est quoi… « rien d'inquiétant » ?

– Mon estomac. Un ulcère. Mais ça va mieux depuis que je me suis mise au régime. Grâce aussi aux médicaments, bien sûr. Ne t'en fais pas, Silvia, je suis très bien suivie.

Silvia la serra dans ses bras.

– Tout ça à cause d'un petit con qui ne t'arrive pas à la cheville ! Les ulcères, c'est quand on veut se faire du mal. Oublie Paolo, t'entends ?

Mariella se libéra de ses bras.

– OK, j'ai menti. C'est pas un ulcère.

– C'est quoi alors ? demanda Silvia, stupéfaite.

– C'est une dépression. Même si depuis quelque temps j'ai aussi un problème avec le café…

– Une dépression ? Toi ? Il faut que je te trouve un mec !

L'ascenseur du bâtiment M s'arrêtait au cinquième étage, il fallait ensuite gravir un petit escalier qui menait à cette surélévation qu'on apercevait depuis la place : le couronnement de la façade monumentale du Palladium. Lucetta Baldelli habitait au dernier étage. Elles sonnèrent, personne ne vint ouvrir.

– Je lui ai pourtant dit que nous serions là à neuf heures et demie, dit Mariella.

– Peut-être qu'elle dort encore, fit Silvia. Hier soir, elle avait l'air drôlement secouée.

Mariella composa le numéro de madame Baldelli, le téléphone sonna de l'autre côté de la porte sans que personne ne décroche.

À l'étage du dessous, elles sonnèrent chez monsieur et madame Marini, personne ne répondit non plus.

– Ils sont tous partis à la messe dans cet immeuble ? fit Silvia.

– Est-ce qu'il y a une concierge dans le Lot 12 ? demanda Mariella.

– Je n'ai pas vu de loge, répondit Silvia. C'est fini les concierges, ma cocotte.

Elles descendirent encore d'un étage. Une petite plaque dorée annonçait : « M. et Mme Di Tommaso ». Une jeune femme leur ouvrit, deux enfants en bas âge accrochés à ses jambes. Elles se présentèrent :

– Bonjour madame, brigade criminelle. Savez-vous où nous pourrions trouver madame Baldelli, votre voisine du dernier étage ?

– Non, désolée, je ne fréquente pas vraiment mes voisins, répondit la jeune femme. Avec madame Baldelli, c'est bonjour bonsoir, j'en sais pas plus.

– Et vos voisins du dessus, monsieur et madame Marini ?

– Vos collègues sont déjà passés hier soir, et je leur ai déjà dit que les Marini n'étaient pas là. Dès qu'il fait beau, ils partent à la mer. Allez voir plutôt chez les Pollastrini, c'est au rez-de-chaussée, à gauche en sortant. Eux, ils pourront vous renseigner. Surtout Gabriele.

– Gabriele ? fit Silvia.

– Gabriele, le fils d'Albina Pollastrini, répondit la jeune femme. Il est très proche de madame Baldelli.

LE RÊVE DE CASSANDRE

Albina Pollastrini était encore au lit quand elle entendit la sonnette. Elle s'arracha aux dernières images d'un rêve où se mêlaient les souvenirs morcelés de la veille et crut que la police était à sa porte. « Pourquoi la police ? » se dit-elle. Elle pensa alors que c'était madame Baldelli. Au lieu de l'accompagner au marché comme il le faisait tous les mardis matin, aujourd'hui Gabriele avait décidé d'aller à la fac. La veille, quand il avait appris aux infos que la victime était une étudiante de son département, il avait été bouleversé. Et il voulait maintenant en savoir plus sur la fille et avait chargé sa mère de prévenir Lucetta de son changement de programme. Mais dès qu'il était parti, elle s'était rendormie.

La sonnette retentit de nouveau. Albina hurla :

– J'arrive !

Elle vit depuis le judas qu'il s'agissait de deux jeunes femmes : l'une blonde, l'autre brune.

– Police ! crièrent les inconnues à la porte.

Alors Albina interpréta son rêve comme une prémonition et elle leur ouvrit, le cœur battant.

Elle portait un déshabillé en fausse soie brodé de paon, un de ces articles qui arrivent en quantité de Chine.

– Votre fils Gabriele est à la maison ? demanda Silvia.

– Pourquoi le cherchez-vous ? s'alarma Albina.

– C'est plutôt madame Baldelli que nous cherchons, expliqua Silvia. On nous a dit que votre fils saurait où la trouver.

Albina rajusta son peignoir sur sa poitrine opulente.

– Mon fils est parti à la fac, ce matin. J'allais me faire un café, vous en prendrez ?

La cuisine était parfaitement rangée, un grand téléviseur à écran plat trônait en face de la table. Mariella l'observa un instant, ce qui n'échappa pas à Albina.

– Nous passons beaucoup de temps dans cette cuisine, mon fils et moi, dit-elle. Comme vous avez pu le voir, chez nous il n'y a pas de salon, c'est un petit deux pièces et comme nous sommes deux, il nous faut deux chambres.

Elle s'exprimait de manière puérile, en minaudant. Mariella prit une chaise sans avoir été invitée à s'asseoir, Silvia l'imita. Sur un séchoir près de la cuisinière s'étalait une robe claire un peu légère pour la saison. S'apercevant que Mariella regardait la robe, Albina faillit leur raconter sa mésaventure de la veille.

– Gaby a cours tous les jours sauf le mardi matin, dit-elle, et il ne rentre jamais déjeuner, même si sa fac est à deux pas de la maison.

– Mais nous sommes mardi ! fit Silvia. Il est où ce matin ?

– Aujourd'hui c'est différent, il est quand même allé à la fac. Avec ce qui s'est passé hier soir… C'était une étudiante de son département, vous savez ?

– Il la connaissait ? demanda Mariella.

– Non, répondit Albina.

– Est-ce que vous savez où nous pouvons trouver madame Baldelli ? insista Silvia.

– Elle n'est pas chez elle ? s'étonna Albina.

– Non, répondit Silvia.

– Alors elle a dû aller au marché toute seule, dit Albina.

Elle leur expliqua que tous les mardis matin son fils accompagnait madame Baldelli au marché.

– Gaby adore Lucetta, il monte chez elle tous les jours. Il lui rend plein de petits services, il la connaît depuis qu'il est tout petit. C'est un peu comme une grand-mère pour lui.

Elle se retint de leur expliquer que la grand-mère paternelle de Gabriele ignorait l'existence de son petit-fils et que sa grand-mère maternelle était morte depuis longtemps.

– Lucetta, c'est son prénom ? demanda Mariella.

– Oui, enfin son vrai prénom c'est Lupa. Enfant, on l'appelait Lupetta, c'était à l'époque de Mussolini... C'est mon fils qui me l'a raconté, il sait tout sur elle.

– Et pourquoi se fait-elle appeler Lucetta ? demanda Mariella.

– Ça, je sais pas, mais ça remonte à loin. En tout cas, nous, nous l'avons toujours appelée Lucetta.

– Vous l'avez prévenue, ce matin, que votre fils ne l'accompagnerait pas au marché ? demanda Silvia.

Albina rougit, elle n'osait pas avouer qu'elle s'était rendormie.

– Non, je n'ai pas eu le temps. Je me suis dit qu'elle était déjà partie à la messe. Elles sont cinq ou six dans le quartier à ne jamais rater la première messe, bien sûr ça ne suffit pas à remplir l'église... Surtout la nôtre : vous la connaissez ? San Francesco Saverio, on dirait Saint-Pierre tellement elle est grande !

– Et ne voyant pas arriver votre fils, madame Baldelli n'est pas passée chez vous pour prendre des nouvelles ? l'interrompit Mariella.

Albina rougit de nouveau.

– Vous dormiez, n'est-ce pas ? fit Silvia. Est-ce qu'elle vous a téléphoné ?

Albina n'y avait pas pensé. Elle alla tout de suite chercher son portable pour vérifier ses messages.

– Non… Mais elle a peut-être téléphoné à mon fils. Je vais lui demander.

Elle l'appela, mais tomba sur sa boîte vocale. Elle raccrocha sans laisser de message, puis servit trois tasses de café.

– Mon garçon aurait aimé avoir une vraie famille : oncles, tantes, cousins, grands-parents et tout ce qui va avec. Il n'a jamais eu que moi. Et Lucetta. Quand il était petit, je le lui confiais souvent. Je travaillais à l'université, à l'époque, à La Sapienza, pas à Roma Tre. Et comme Lucetta n'avait déjà plus d'enfant à la maison…

– Est-ce que vous l'avez vue hier soir, après les faits ? demanda Silvia.

– Les faits… Vous voulez dire après que cette pauvre étudiante s'est fait assassiner ? Non, nous ne l'avons pas vue. Lucetta se couche très tôt.

– À quelle heure votre fils est-il rentré hier soir ? demanda Mariella.

– Comme d'habitude, vers huit heures. Nous dînons tous les soirs autour de cette heure-là.

– C'est lui qui vous a appris la nouvelle ? continua Silvia.

– Non. Nous l'avons apprise tous les deux au journal de vingt heures. Nos fenêtres donnent côté jardin, j'ai vaguement entendu le bruit des sirènes. Gaby m'a dit en rentrant qu'il y avait des policiers du côté de la place, nous avons d'abord pensé à un accident de voiture. Mon fils gare toujours sa moto Via Passino et c'est donc de ce côté-là qu'il rentre dans le Lot 12.

– Vous savez que madame Baldelli était sur le lieu du crime au moment des faits ? demanda Mariella.

Albina resta bouche bée.

– Ça alors... Non, je ne savais pas ! Mais maintenant que vous m'y faites penser, dit-elle en regardant la boîte que Mariella avait posée sur la table de la cuisine, c'est vrai que tous les soirs elle s'achète deux choux à la crème chez Damiani. C'est son dîner.

– Ne vous semble-t-il pas bizarre, étant donné vos relations, qu'elle ne vous ait pas appelée hier soir pour vous raconter ce à quoi elle avait assisté sur la place ?

– Si, c'est même plus que bizarre ! Et ce qui est encore plus bizarre, c'est qu'elle n'ait pas appelé tout de suite Gaby. Mais qu'est-ce que vous entendez au juste par : « elle était sur le lieu du crime » ?

– Elle se trouvait à côté de la fille qui a reçu une balle dans la tête, dit Mariella.

– Oh, mon Dieu ! Pauvre Lucetta ! s'exclama Albina. Elle a dû avoir le choc de sa vie ! Surtout qu'elle est cardiaque... Il faut prévenir Gaby !

Et avant que Mariella et Silvia ne pussent réagir, elle appela de nouveau son fils, qui cette fois répondit.

– Non ! Elle n'est pas chez elle, lui dit Albina. Oui !... La police est là. Deux jeunes femmes inspecteurs...

Elle sourit à Silvia et à Mariella, avant d'ajouter :

– Tu as raison, il faut monter chez elle. J'y vais tout de suite avec les inspecteurs. Rentre vite, mon chéri !

Le ton enfantin qu'elle avait adopté avec son fils devint autoritaire quand elle déclara :

– Montons chez Lucetta, mesdemoiselles. Mon fils va arriver.

– Vous avez les clés de chez elle ? s'étonna Silvia.

– Bien sûr que nous avons les clés, Gaby monte chez Lucetta dix fois par jour. Je vous l'ai dit, elle fait partie de la famille.

Mariella récupéra sa boîte de choux et comme Albina ouvrait déjà la porte, elle lui demanda :

– Et vous ? Vous aussi vous montez souvent chez Lucetta ?

– Non, pas moi, répondit Albina en la laissant sortir sur le palier.

La montée en ascenseur fut ponctuée par les exclamations et les soupirs d'Albina, avant qu'elle n'attaque péniblement l'escalier de la petite tour.

– Je ne monte jamais si haut, se justifia-t-elle.

Elle appuya deux fois sur la sonnette de madame Baldelli, avant de glisser la clé dans la serrure. L'intérieur sentait le lait caillé, la porte de la cuisine était fermée.

– Elle ne se nourrit plus que de lait et de choux à la crème, chuchota Albina.

Puis elle appela depuis le couloir avant de s'avancer jusqu'à la chambre à coucher. Là, elle tapa à la porte, attendit quelques secondes, ouvrit… et se mit à hurler à pleins poumons. Elle s'évanouit dans les bras de Silvia qui dut la ranimer d'une bonne gifle. Les yeux fermés, les lèvres entrouvertes, madame Baldelli reposait, parfaitement immobile, dans son lit. Mariella s'approcha du corps sans le toucher, tandis que Silvia s'occupait d'Albina. Après avoir constaté la mort, Mariella prévint immédiatement l'identité judiciaire et le commissaire D'Innocenzo, qui se trouvait à la morgue pour assister à l'autopsie de Monica Pecorelli. S'agissant d'un témoin aussi important, le légiste serait appelé sur les lieux, même si de toute évidence Lucetta Baldelli s'était éteinte dans son sommeil : la cardiopathie, l'âge, le choc subi… Mariella pensa aux choux qu'elle lui avait apportés et qu'elle avait posés sur le guéridon en entrant dans l'appartement ; elle s'en voulut de l'avoir laissée partir la veille, on aurait raison de le lui reprocher. Lucetta Baldelli était en chemise de nuit, ses vêtements étaient pliés sur la chaise de sa chambre. L'heure du décès permettrait de reconstruire le déroulement de sa soirée. Elle était probablement morte après avoir dîné et s'être couchée tôt comme tous les soirs. Mariella alla vérifier la poubelle, elle fut étonnée de ne pas y trouver de boîte de la pâtisserie Damiani : madame Baldelli dînait tous les soirs de deux choux à la crème, c'est elle-même qui le lui avait dit et Albina Pollastrini l'avait confirmé. Elle était sûre de l'avoir vue partir la veille avec son petit paquet à la main. La cuisine était rangée, le sac-poubelle ne contenait qu'une bouteille de lait vide. Elle ouvrit le frigidaire : des packs de Coca-Cola, une bouteille de lait non entamée, pas grand-chose. Elle inspecta ensuite les placards : des boîtes de biscuits, des viennoiseries sous plastique, des réserves de pots de Nutella, des friandises. On aurait dit la cuisine d'une famille nombreuse avec des enfants en bas âge. Des sucreries en tout genre, mais aucune trace des deux choux. Apparemment elle les avait mangés, mais alors qu'avait-elle fait de la boîte ? Mariella s'apprêtait à faire le tour de l'appartement, quand la sonnette retentit. Elle alla ouvrir et se retrouva face à un grand et beau jeune homme blond, aux yeux bleus transparents.

– Comment va-t-elle ? lui demanda-t-il, inquiet.

En entendant la voix de son fils, Albina se rua dans le couloir pour se jeter dans ses bras. Gabriele tenta de calmer sa mère, qui répétait sans cesse :

– Oh, mon Dieu ! C'est la malédiction ! D'abord cette fille, ensuite Lucetta…

Mariella agrippa fermement Albina, fit signe à Silvia de s'occuper d'elle, puis elle referma la porte et invita le jeune homme à la suivre. Gabriele voulut se débarrasser du casque qu'il avait en main ; instinctivement, il s'approcha du guéridon qui meublait le couloir. Il resta paralysé en y apercevant la boîte de chez Damiani que Mariella y avait laissée.

– C'est à moi, dit Mariella.

Il la fixa d'un air ahuri, puis posa son casque sur le petit fauteuil à côté du guéridon, avant de lui demander d'un ton ferme qui jurait avec la douceur qui émanait de sa personne :

– Elle est morte, n'est-ce pas ?

Puis, sans attendre la réponse, il se précipita dans la chambre.

– Ne touchez à rien ! hurla Mariella en le rattrapant.

Il passa devant le grand miroir qui reflétait le lit et s'agenouilla au chevet de la morte. Il resta un moment à la regarder, survola de ses doigts sa petite tête d'oiseau, puis se cacha le visage dans les mains et resta plongé dans sa peine. Mariella attendit quelques minutes, puis elle pria le jeune homme de quitter la pièce. Il obéit comme un automate, les yeux rougis. Elle lui demanda de la suivre, récupéra en passant la boîte de choux et ils quittèrent l'appartement. Silvia resta sur place avec la mère de Gabriele pour attendre l'arrivée des collègues et du légiste.

Ils sortirent du Lot 12 pour aller s'installer à la terrasse de Damiani. Mariella posa sa boîte en carton sur la table, l'ouvrit et dit :

– Je les avais achetés pour Lucetta, servez-vous, je vous en prie.

– Je ne peux pas, répondit Gabriele. De toute façon, je n'aime pas la crème, et puis en ce moment…

– Je comprends. Excusez-moi, c'était maladroit de ma part.

La patronne arriva, il commanda un cognac et Mariella un verre d'eau pétillante.

– Pour moi, c'est une perte terrible, dit Gabriele après un court silence. Lucetta a énormément compté dans ma vie.

– Hier soir, ici même, elle a assisté au meurtre. Comment expliquez-vous qu'elle ne vous ait pas appelé après ?

– Elle a assisté au meurtre ?…

Il resta un moment silencieux avant d'ajouter :

– Si j'avais su, hier soir, je serais resté avec elle. Quand elle était malade, quand elle avait des soucis, ma présence la rassurait. Si j'avais été là, peut-être...

– Comment avez-vous appris la nouvelle ? l'interrompit Mariella.

Il la regarda, perdu. À cet instant, la patronne apporta les boissons.

– Ce qui est arrivé sur la place, précisa Mariella.

– Au journal de vingt heures. Nous étions en train de dîner, ma mère et moi, cette nouvelle nous a tous les deux secoués. Ma mère en a même lâché le plat qu'elle avait dans les mains, elle s'en est mis plein sa robe.

Mariella revit la robe claire sur le séchoir.

– Je m'en veux tellement... ajouta-t-il, abattu.

– Pourquoi ? Qu'est-ce que vous vous reprochez ? demanda Mariella.

Il lui lança un regard outré.

– J'aurais dû y penser ! Aux infos, on a parlé de la pâtisserie Damiani, Lucetta y achète ses choux tous les soirs !

– Justement, c'est bizarre, je n'ai pas trouvé de choux chez elle, dit Mariella.

Ce qui était troublant dans le regard de Gabriele, c'était sa transparence bleutée, qui le rendait doux et cependant angoissant.

– Alors, c'est qu'elle n'a pas dû en acheter hier soir, dit-il avec assurance. Elle n'en a peut-être pas eu le temps.

– Elle en a acheté, je l'ai vue partir avec, dit Mariella.

– Alors elle les a mangés, dit Gabriele d'un ton agacé.

– Je n'ai pas trouvé de boîte dans sa poubelle, continua Mariella, impassible.

Gabriele posa un doigt sur sa paupière gauche qui s'était remise à battre. Mariella fit mine de ne pas le remarquer et elle changea de sujet.

– Est-ce qu'il vous arrivait parfois de l'appeler le soir ?

– Jamais, répondit-il. Lucetta se couchait très tôt.

– Et vous la voyiez tous les jours ?

– Je montais chez elle tous les matins avant d'aller à la fac, elle me préparait mon petit déjeuner. En rentrant de la messe, elle avait l'habitude de s'arrêter ici pour m'acheter des croissants.

Il s'interrompit, ému. Mariella nota que les pulsations de sa paupière ne s'étaient pas arrêtées. C'était un garçon à l'apparence calme et réfléchie, et cette manifestation nerveuse était le seul signe de stress dont il témoignait.

– Lucetta était quelqu'un de très attachant, dit-il, c'était une femme… spéciale… Et une amie aussi.

– C'était une femme âgée, fit Mariella.

– L'âge ne comptait pas entre nous, on se disait tout. Absolument tout.

– Elle avait de la famille ?

– Une fille qui vit dans un bled de montagne, dans le Val d'Aoste. Elles s'étaient brouillées il y a longtemps pour une histoire d'héritage, elles ne se voyaient plus.

– Des petits-enfants ?

– Non. J'étais tout pour elle.

Mariella fixa la paupière, elle était redevenue immobile.

– L'appartement où elle vivait était à elle ?

– Lucetta a vécu soixante-cinq ans dans cet appartement, répondit Gabriele, mais elle ne l'a acheté qu'assez récemment, quand l'office des logements populaires l'a mis en vente.

– Elle est née dans le quartier ?

– Elle est née dans le bâtiment M du Lot 12, et elle y a toujours vécu. Lucetta était une vraie enfant de la Garbatella, si vous saviez tout ce qu'elle m'a raconté sur ce quartier !

Mariella fit une espèce de grimace. Elle avait mal au cœur.

– Vous ne vous sentez pas bien ? demanda Gabriele avec empressement.

Elle fit un geste de la main, puis enchaîna sans lui répondre :

– Comment se fait-il que ce matin vous ne soyez pas monté chez elle prendre votre petit déjeuner comme d'habitude ?

– Mais parce que hier soir une étudiante de mon département s'est fait assassiner en bas de chez moi ! répondit-il, vexé.

Il la regarda droit dans les yeux avant d'ajouter :

– J'ai passé la nuit à me demander si je ne l'avais pas déjà croisée à la fac.

– Et alors ?

– Je ne l'ai jamais vue. Je n'aurais jamais pu oublier un tel visage.

Il se tut un instant, le regard absent, puis il continua :

– C'était une très jolie fille. Le destin est injuste...

– C'est une balle qui l'a tuée, pas le destin.

Il se tut de nouveau, resta pensif. Il était heurté par la brutalité de la réponse.

– Elle aurait eu vingt ans dans huit jours, reprit-il enfin, elle était née le jour de l'Annonciation.

Mariella le regarda, stupéfaite : le jour de l'Annonciation ! Non seulement il s'était renseigné sur l'âge de la victime mais il avait même consulté le calendrier des fêtes religieuses.

– Le même jour que moi, ajouta-t-il.

Mariella réprima un haut-le-cœur. Il s'en inquiéta :

– Vous êtes sûre que ça va, inspecteur ?

Elle éloigna son verre et lui demanda :

– Comment connaissez-vous sa date de naissance ?

– J'ai lu les journaux, répondit Gabriele.

Puis il ouvrit le sac qu'il avait posé sur une chaise et déposa sur la table *La Repubblica*, *Il Corriere della Sera* et *Il Messaggero*. À la une de chaque journal s'étalait la même photo de Monica Pecorelli : longs cheveux auburn bouclés, grands yeux verts, lèvres à peine entrouvertes.

– Vous avez vu cette lumière dans ses yeux ?

Mariella se dit que ce garçon était un peu exalté. Elle répondit :

– J'ai vu ses yeux mais leur lumière était éteinte. Elle était morte. Assassinée.

Il eut un léger mouvement de recul. Les réponses de Mariella le froissaient.

– Qu'avez-vous appris ce matin à la fac, concernant la victime ? lui demanda-t-elle.

– J'ai mené ma petite enquête. J'ai discuté avec une fille qui la connaissait bien, je vous conseille d'ailleurs de l'interroger. Elle s'appelle Letizia Fiorentino, voici son numéro de portable, dit-il en sortant un petit papier de sa poche.

Le bleu clair de ses iris avait par moments des reflets foncés.

– Vous en savez plus que la police, dit Mariella en recopiant le numéro sur son carnet.

– Je suis à votre entière disposition, si vous avez besoin de moi, n'hésitez pas à me contacter, continua-t-il, encouragé par le regard de la flic.

– Vous oubliez un peu vite votre Lucetta, fit Mariella.

Il se rebiffa :

– Je ne l'oublie pas ! Mais Lucetta aurait fêté ses soixante et onze ans en avril et Monica n'a même pas pu fêter ses vingt ans !

– L'une vous était chère, l'autre ne vous était rien !

– Oui mais l'une a eu une longue vie, et une vie bien remplie ; l'autre, on lui a enlevé la sienne.

Mariella resta quelques instants déconcertée, quelque chose la gênait dans les propos de Gabriele. Mais elle n'eut pas le temps de s'interroger plus avant, un nouveau haut-le-cœur l'obligea à s'excuser et à se précipiter aux toilettes.

En découvrant son reflet dans le miroir, Mariella trouva qu'elle avait l'air d'un spectre. Elle s'aspergea le visage, sortit sa petite trousse de maquillage, appliqua un peu de couleur sur ses joues et traça une ligne noire sous ses yeux : le spectre se transforma en un personnage d'Ensor lui souriant depuis l'au-delà. Et comme souvent ces derniers temps, une chanson lui revint, loufoque et obsédante. La voix de Caterina Caselli se mit à lui marteler les tempes : « *L'amore mi fa molto, molto ridere*[1] ». C'était une chansonnette que fredonnait sa mère en faisant la vaisselle. Combien de fois avait-elle surpris son père, dans le garage au rez-de-chaussée de la maison, en train de l'écouter, un sourire aux lèvres ? Comme il l'avait aimée, cette femme qui allait le priver de paternité ! Mais il ne savait pas à l'époque, et il n'aurait jamais dû savoir plus tard, que Mariella n'était pas sa fille. Quel besoin sa mère avait-elle eu de le leur avouer à tous les deux *post mortem* en laissant cette lettre chez le notaire de L'Aquila ? Ne pouvait-elle emporter son secret dans sa tombe ? Toutes les chansons de sa mère s'étaient imprimées sous son crâne, les mots et la musique, et elles fonctionnaient comme une bande-son quand elle laissait courir le crayon sur son carnet, au début de chaque nouvelle enquête. Elles ne disparaissaient qu'après coup, lorsqu'elle revenait sur ses dessins pour y appliquer du lavis, de l'aquarelle ou du pastel : alors ses idées se faisaient claires, c'était sa manière à elle d'organiser ses impressions, par retouches successives. Méthode affinée avec le temps, au fil des enquêtes qu'elle avait suivies. Manie aussi, dont elle n'aimait pas parler, même avec Paolo. De peur que l'efficacité du procédé ne s'affaiblisse en en dévoilant le secret, de peur aussi qu'on ne se moque d'elle. De peur surtout que l'on ne juge ses dessins. Elle ne travaillait jamais aussi bien que toute seule dans son coin. Au fond, elle ne s'était jamais habituée au travail d'équipe,

1. Caterina Caselli, *Io sono bugiarda*, 1967 (reprise de *I am believer*, chanson composée par Neil Diamond et tube des Monkees en 1966).

même si elle en reconnaissait les avantages et en appréciait les résultats. Elle restait une solitaire, dans le boulot comme dans la vie. Mais elle avait besoin de savoir que les autres n'étaient jamais trop loin.

Le commissaire D'Innocenzo, son patron à la brigade criminelle depuis neuf ans, appréciait son côté artiste : il aimait regarder ses albums, quand elle le lui permettait, et il n'avait jamais été aussi heureux que le jour où elle lui avait offert une copie d'un portrait de Bronzino, le *Jeune homme* du Metropolitan Museum, qui ressemblait à son fils disparu. Malgré les apparences, le commissaire était comme sa femme Ida : il continuait à porter chaque jour en lui l'ombre de son fils Giuliano, disparu en Inde quinze ans plus tôt. Il aurait eu aujourd'hui l'âge de Mariella. Elle avait d'ailleurs avec ce jeune homme absent des dialogues silencieux, car elle ne s'était jamais décidée à quitter le studio où il avait vécu et où elle avait débarqué le jour de son arrivée dans la capitale. Finalement, elle aurait habité chez lui plus longtemps que lui-même.

– Ah ! Vous êtes là ? dit Gabriele en entrant dans les toilettes. Excusez-moi, comme je ne vous voyais pas revenir...

La tête de Gabriele était apparue dans le miroir, puis avait disparu sans qu'elle n'ait eu le temps de réagir. Elle revint sur la terrasse.

– Nous pouvons y aller, lui dit-elle en jetant sur la table la monnaie des consommations.

La Piazza Bartolomeo Romano était encore quadrillée par les voitures de police, mais le périmètre sécurisé avait été réduit.

– On va probablement être amenés à se revoir, dit-elle en prenant congé de Gabriele.

Il sembla déçu de la froideur avec laquelle elle le traitait.

– Est-ce que je peux vous accompagner ? demanda-t-il. Je pourrais me rendre utile.

Mariella lui répondit sèchement :

– M'accompagner ? Où ça ? Vous savez ce que c'est, une enquête ?

– J'ai beaucoup lu, répondit-il d'un air sérieux.

Elle sourit.

– Qu'est-ce que vous avez lu ? Sherlock Holmes ? Agatha Christie ? Ellroy ? Vous avez peut-être beaucoup lu, mais en vingt ans de vie, vous n'avez jamais croisé un tueur sur votre chemin. Vous n'avez pas la moindre idée de ce que c'est qu'un crime. Si j'ai besoin de vous, je saurai où vous trouver.

ORIGAMI

Dès le lendemain, Gabriele tenta de s'informer sur l'avancement de l'enquête en appelant l'inspecteur De Luca. Prétextant s'être souvenu de nouveaux éléments qu'il voulait confier à la police, il lui demanda un rendez-vous qu'elle lui accorda sans difficulté. Il se rendit donc à la Questura et discuta d'abord avec un agent, un certain Torretta, qui lui expliqua que l'inspecteur De Luca dirigeait l'enquête, même si le responsable officiel était le commissaire divisionnaire D'Innocenzo. Lui, c'était le patron ; elle, son bras droit. Ce qui surprit Gabriele car il lui semblait que De Luca n'avait pas le physique de l'emploi. C'était une fille revêche, bizarre même, qui avait toujours l'air de penser à autre chose, mais qui revenait chaque fois sur vous comme une mouche.

Elle le reçut, seule, dans un petit bureau. Il avait lu sur la porte qu'elle le partageait avec l'inspecteur Di Santo ; on ne travaillait pas dans le luxe à la brigade criminelle. L'espace occupé par l'inspecteur De Luca, baigné par la lumière émanant d'une grande fenêtre, était totalement dépourvu d'objets personnels, il n'y avait que des dossiers, beaucoup de papiers et quelques livres. L'unique décoration, si on pouvait appeler ça une décoration, était une lampe design : une simple ampoule dressée au bout d'un fil métallique rigide, sur laquelle se déployaient deux ailes en plumes d'oiseau blanches. L'autre moitié de la pièce, celle occupée par l'inspecteur Di Santo, plongée dans une pénombre permanente en raison de l'absence d'ouverture sur l'extérieur, était moins encombrée de dossiers et couverte de photos et de cartes postales ; un grand poster représentant les sommets de l'Himalaya cachait une partie du mur.

– J'ai beaucoup réfléchi à ce que vous m'avez dit à propos de la boîte de choux, inspecteur, attaqua-t-il tout de suite pour l'appâter.

Il fallait lui fournir de nouveaux détails, pensait-il, s'il voulait que le poisson morde à l'hameçon.

– J'ai surtout refait dans ma tête le parcours de la pauvre Lucetta, le soir où Monica est morte, continua-t-il.

– Vous l'appelez par son prénom ? lui demanda Mariella en lui lançant un regard étonné.

Gabriele s'en voulut d'avoir montré sa familiarité avec Monica. Il tenta de s'expliquer :

– La mort de cette fille m'est insupportable, inspecteur. J'ai des insomnies, depuis ce jour maudit. On a eu bien raison de l'appeler *Bloody Monday*...

– Vous ne connaissiez pas Monica Pecorelli, rétorqua-t-elle.

– Mais le destin de cette fille me révolte ! Je n'arrête pas de me demander : « Pourquoi elle ? »

De Luca l'écoutait attentivement, il était difficile de savoir à quoi elle pensait. Peut-être qu'elle ne pensait à rien, d'ailleurs, les policiers ne sont pas recrutés pour la profondeur de leur esprit. Cette flic pâle, à l'air maladif, ne devait penser qu'à ses oignons.

– Alors cette boîte ? le relança-t-elle.

– Ah oui, la boîte...

Pour l'instant, sa paupière se tenait tranquille et il se sentait maître de la situation.

– Voici mon explication, inspecteur, à propos de cette boîte qui vous tient tellement à cœur : je me suis dit que Lucetta avait peut-être mangé les deux choux en bas, dans le jardin, avant de rentrer chez elle. Ce n'était pas son habitude, mais là, elle devait être sous le choc. C'était peut-être un moyen de décompresser.

Mariella le regarda sans bouger. Impossible de savoir si cette explication lui convenait, elle avait l'air d'une somnambule qui avance sans rien voir et pourtant sans jamais trébucher. Il se dit qu'elle devait être contrariée par quelque chose de personnel, sans aucun rapport avec l'enquête.

– Et la boîte ? insista-t-elle.

Encore ! Mais elle était obsédée, cette fille, avec cette foutue boîte ! Elle n'avait donc rien d'autre à se mettre sous la dent ? N'empêche qu'il avait été drôlement mal inspiré quand il avait décidé d'aller jeter cette boîte à l'autre bout de la ville au lieu de la mettre tout simplement dans la poubelle de Lucetta.

– La boîte, c'est tout bête, répondit-il en souriant. Lucetta avait une manie : elle s'amusait toujours à plier plusieurs fois les papiers, les cartons et même les plastiques avant de les jeter à la poubelle. Elle était forte en pliages…

– Donc…

Par moments l'inspecteur De Luca lui devenait carrément antipathique. Si elle croyait le déstabiliser en l'interrompant tout le temps !

– Donc je suis sûr qu'elle a dû réduire la boîte de chez Damiani à la taille d'une boîte d'allumettes avant de la jeter dans un des containers du local à poubelles. Et ça, en faisant bien attention à choisir le bon, car le triage des poubelles était l'une des rares innovations qui ne la révoltaient pas.

Il sourit de ses belles dents blanches, elle lui répondit d'un sourire qui n'était pas mal non plus. Il la préférait souriante plutôt que renfrognée, ça la rendait plus jolie.

– Il n'y avait pas de « boîte d'allumettes », comme vous dites, dans les containers, je les ai tous fait vérifier avant que les éboueurs ne viennent les vider.

Ensuite Mariella le remercia avec une gentillesse à laquelle il ne s'attendait pas. Finalement, il en avait moins appris sur l'enquête que sur l'enquêtrice, et il quitta la Questura avec le sentiment qu'il devait décidément se méfier de cette flic.

Les informations qu'il avait réussi à récolter ne lui suffisaient pas, il lui en fallait beaucoup plus ! Il voulait explorer la vie de Monica, il ressentait le besoin de se rapprocher des lieux où elle avait vécu, de respirer l'air qu'elle avait respiré, d'entrer dans son monde comme elle était entrée dans le sien. Car Monica avait changé sa vie, mais elle l'avait aussi éclairée d'une lumière nouvelle : il n'avait jamais vécu aussi intensément que depuis ce *Bloody Monday* où le destin l'avait mise sur son chemin.

ANGELUS NOVUS

La famille Pecorelli habitait Monteverde. Une rue calme, des immeubles de trois ou quatre étages au plus, des jardins, de belles maisons : on se serait cru en province. La Via Emilio Lami débouchait sur la Circonvallazione Gianicolense, une artère large et bruyante, divisée en deux par les rails du tramway numéro 8. Gabriele inspectait les lieux, de nouveau déserts après la tempête médiatique du début de la semaine; on en avait fini pour l'instant avec la famille. Il craignait de ne trouver personne, ils étaient peut-être tous partis après le drame. Il gara sa moto en bas de la rue, qu'il remonta à pied. Il n'avait pas téléphoné pour prévenir de sa visite, de peur qu'on ne refuse de le recevoir. Depuis sa conversation de la veille avec l'inspecteur De Luca, il ne tenait plus en place. Sa mère mettait sur le compte de la mort de Lucetta ses brusques changements d'humeur. Elle espérait que les obsèques, prévues pour le samedi après-midi, apaiseraient sa peine. Le corps de Lucetta attendait à la morgue l'arrivée de sa fille, Doris Del Savio. On n'avait pas jugé nécessaire de pratiquer une autopsie. Le médecin de la vieille dame, accouru sur place le jour où on avait découvert sa patiente morte dans son lit, avait appris au légiste qu'elle souffrait d'une cardiopathie hypertensive qu'il soignait depuis des années par des inhibiteurs ACE[2]. Ils en avaient déduit que Lucetta Baldelli avait été victime d'un infarctus : elle n'avait pas surmonté le choc d'avoir assisté d'aussi près à un meurtre.

Personne dans la rue ni aux fenêtres. Gabriele sonna. Derrière la grille, tous les arbres du jardin étaient couverts de bourgeons. C'était une maison sur trois étages, avec une terrasse fleurie de géraniums rouges au dernier. Il allait appuyer de nouveau sur la sonnette quand il aperçut un mouvement de rideaux à l'une des fenêtres du premier étage.

– Je suis un ami de Monica, cria-t-il en direction de la fenêtre.

La grille s'ouvrit.

Gabriele fit quelques pas jusqu'à la porte. Une femme au teint cireux, les yeux rouges et le regard méfiant, lui ouvrit.

– Vous êtes la mère de Monica, madame ? demanda-t-il.

La femme ne lui répondit pas, mais elle le fit entrer. Elle l'accompagna dans un salon aussi grand que l'appartement où il vivait avec sa mère, une dame l'y attendait. C'était elle, la mère de Monica.

– Monsieur... dit-elle en se levant.

– Je m'appelle Gabriele, répondit-il, Gabriele Orsini.

Il en fut le premier étonné. Ce n'était pas le nom qu'il avait prévu de lui donner. Le nom de son père s'était imposé à lui avant qu'il n'en ait conscience.

Madame Pecorelli se tourna vers la femme qui était restée sur le pas de la porte et lui dit :

– Apportez-nous du café, Oksana.

2. Médicaments utilisés dans le traitement de l'hypertension artérielle et de l'insuffisance cardiaque chronique.

Il n'y avait pas le moindre bruit dans la maison. Gabriele se tenait immobile.

– Monica ne nous a jamais parlé de vous, lui dit madame Pecorelli.

– Je sais, répondit-il avant d'esquisser un léger sourire. C'est pour cette raison que je me suis permis de venir vous rendre visite, madame.

Il y avait plusieurs tableaux sur les murs, mais un seul accrocha son regard : un portrait de Monica ! Elle y était représentée sous l'apparence d'un ange avec de grandes ailes déployées ; sa chevelure formait un nuage cuivré autour de son visage. C'était la *Madeleine* de Bellini, de l'Accademia de Venise ; il était comme aimanté et ne parvenait pas à détourner ses yeux du tableau. Il s'approcha pour le regarder de plus près mais ne put déchiffrer la signature ; l'ange déroulait un parchemin où il lut : « *Angelus Novus* ». Madame Pecorelli le regardait en silence contempler le tableau. Quelques minutes plus tard, Oksana revint avec les cafés.

– Vous ne devriez pas rester debout, madame, dit-elle.

Puis elle posa le plateau sur la table basse et demanda si on avait encore besoin d'elle.

– Vous pouvez disposer, Oksana, dit madame Pecorelli.

Lorsque Oksana eut refermé la porte, madame Pecorelli ajouta :

– Elle a élevé Monica. Sa peine est aussi grande que la mienne.

– Et que la mienne, dit Gabriele, les yeux pleins de tristesse.

Madame Pecorelli sembla en être touchée.

– Qui étiez-vous pour ma fille ? demanda-t-elle.

– Je suis le petit ami de Monica, répondit-il sans ciller.

Troublée par le fait qu'il utilise le présent, madame Pecorelli but son café en silence, puis elle dit calmement :

– Je ne vous crois pas, jeune homme.

– Je vous demande pardon, madame : je comprends votre réaction car vous ne pouvez pas savoir. C'est pour cette raison que je me suis décidé à venir vous rendre visite : pour rétablir la vérité.

Les lèvres de madame Pecorelli frémirent, Gabriele crut qu'elle allait pleurer.

– Je vous écoute, dit enfin la mère de Monica. Vous êtes donc Gabriele Orsini... Vous êtes de la famille du professeur Orsini qui enseigne la philosophie du droit à La Sapienza ?

Il paniqua intérieurement, mais n'en laissa rien paraître.

– Non, je le connais de réputation mais nous n'avons aucun lien de parenté.

Madame Pecorelli se contenta de cette réponse.

– J'ai autrefois connu sa sœur Adele, nous étions ensemble chez les bonnes sœurs.

Il sentit qu'il était urgent de changer de sujet.

– J'étais amoureux de Monica, dit-il. Nous allions nous fiancer.

Elle se leva et s'approcha de la fenêtre. De dos, dans son peignoir de soie qui l'enveloppait comme un ruban, on aurait dit une jeune fille : élancée, élégante, une figure de Boldini.

– Je ne vous connais pas, monsieur ! s'écria-t-elle brusquement sans se retourner.

Puis l'énergie que lui avait demandée cette véhémence retomba et elle ajouta :

– Je ne connaissais pas ma fille non plus.

Elle vint se rasseoir en face de lui et resta bien droite sur son siège.

– J'ignorais tout de la vie de Monica, mais le peu que j'en savais ne me plaisait pas. J'avais entendu parler d'un autre petit ami mais comme elle en changeait souvent...

– Monica était à la recherche de celui qui lui était destiné, dit Gabriele avec ferveur. Nous étions tous les deux à la dérive quand nous nous sommes rencontrés. Nous avons été un phare l'un pour l'autre. Entre nous, c'était l'amour fou.

Elle le regarda, hypnotisée. Gabriele lui rendit un regard fiévreux qui la troubla. Elle tourna le visage vers le portrait de sa fille, il lui demanda de manière abrupte :

– Quand pensez-vous l'enterrer ?

Les traits de madame Pecorelli se crispèrent.

– Comment osez-vous ? hurla-t-elle. Je ne vous connais pas !

Gabriele sursauta, il ne s'attendait pas à cette réaction. Oksana déboula dans le salon, l'air furieux, et l'apostropha :

– Sortez d'ici ! Vous profitez de la souffrance d'une mère, vous n'avez donc aucun respect ?

– Laissez, Oksana, dit doucement madame Pecorelli. Je me suis emportée, monsieur n'est pas journaliste.

Puis s'adressant à Gabriele, elle ajouta :

– Je vous prie néanmoins de partir maintenant. Mais revenez me voir...

Elle chercha une carte de visite dans un vide-poches de cristal.

– Venez prendre le thé un de ces jours, Gabriele, dit-elle en lui tendant la carte. Je serai ravie de continuer cette conversation.

Oksana le raccompagna jusqu'à la porte qu'elle referma derrière lui en le foudroyant du regard.

En enfourchant sa moto, Gabriele se demanda s'il n'avait pas trop précipité les choses. N'aurait-il pas dû attendre encore quelque temps, avant de venir ici ? Et si madame Pecorelli allait raconter à la police qu'il s'était pointé chez elle en se présentant comme le petit ami de sa fille ? Heureusement, il avait donné le nom de son père. À la réflexion, il n'y avait aucun danger : il avait déclaré à la police qu'il ne connaissait pas Monica, il s'était montré plus que coopératif avec les enquêteurs, pourquoi devrait-on mettre en doute sa bonne foi ? Une première enquête avait été menée à Roma Tre : personne n'avait jamais vu Gabriele Pollastrini en compagnie de Monica Pecorelli. Il avait dit la vérité : avant, il ne la connaissait pas. « *Avant* », se répéta-t-il en souriant.

MY MOTHER HAD A RESPECT FOR TRUTH, BUT SHE WAS NOT A TRUTHFUL WOMAN[3]

Mariella était sortie de chez elle avant l'aube. Il avait encore plu toute la nuit, elle ne tentait même pas d'éviter les flaques d'eau sur son passage. Le week-end avait été éprouvant. Elle avait assisté avec Silvia aux obsèques de Lucetta Baldelli, qui avaient eu lieu le samedi après-midi à l'église de la Garbatella ; la foule rassemblée dans la vaste nef avait entendu l'orage se déclencher pendant la messe. Gabriele Pollastrini avait fait un discours très inspiré, l'émotion lui avait coupé la parole à plusieurs reprises. La fille de la défunte, Doris Del Savio, l'avait écouté en conservant un air totalement impassible, visiblement elle ne le portait pas dans son cœur.

Le dimanche, les obsèques de la victime s'étaient déroulées dans un petit village sur les rives du lac de Côme, à l'insu de tout le monde ; Monica Pecorelli avait été enterrée dans la plus stricte intimité, dans le caveau de sa famille maternelle. Les autorités chargées de l'enquête avaient mis un point d'honneur à respecter le souhait des parents de garder le secret sur le lieu et la date de la cérémonie. La

3. Antonia S. Byatt, *Sugar*, 1987.

presse avait été maintenue à l'écart, mais le mardi matin la nouvelle des obsèques dans le cimetière de Torno était à la une de tous les journaux.

Depuis le début de l'affaire, Mariella ne parvenait plus à dormir. Une agitation s'emparait d'elle le soir, au moment de se coucher, qui revenait pendant le sommeil et la réveillait en pleine nuit. L'enquête n'avançait pas : les auditions des témoins n'avaient ouvert aucune piste, la vie privée de Monica Pecorelli ne permettait de dégager aucun mobile. La balistique travaillait toujours sur la trajectoire externe de la balle retrouvée dans le corps de la victime. Après avoir écarté l'hypothèse initiale d'un tueur posté sur la Piazza Bartolomeo Romano, où par ailleurs aucune autre balle ni aucune douille n'avaient été retrouvées, les collègues de la balistique avançaient actuellement l'hypothèse d'un tireur posté à l'une des fenêtres des derniers étages de deux des cinq immeubles donnant sur la place. En effet, après avoir reçu le rapport du médecin légiste sur la trajectoire interne de la balle, ils en avaient déduit que le tir ne pouvait provenir que de très haut.

Mariella arriva au bureau vers six heures trente et monta le grand escalier de la Questura avec son iPod branché sur *Wenn der Morgen graut*[4] : « Quand l'aube pointe ». Elle entra dans son bureau, alluma sa lampe, posa son blouson sur une chaise, puis ouvrit le dossier *Bloody Monday* resté sur sa table. Elle commença à travailler sans ôter ses oreillettes, « *Wo ist der Gott, der uns liebt* », disait la chanson. « Où est ce Dieu qui nous aime ? » se répéta-t-elle en regardant le beau visage de Monica Pecorelli sur les photos que la famille avait remises à la police. Morte à vingt ans d'une balle en pleine tête : on avait vraiment le sentiment que Dieu n'était nulle part dans ce monde.

4. Element of crime, *Wenn der Morgen graut*, 1996.

La presse s'était un peu calmée, ces derniers jours, même les comptes-rendus des obsèques faisaient preuve d'un ton plus équilibré. *Bloody Monday* n'était plus à la une de tous les journaux, et l'impression malsaine suscitée par « À vif », l'émission de télévision qui avait invité dès le lendemain du meurtre sur son plateau d'anciens témoins de l'affaire Marta Russo, commençait également à s'estomper dans l'esprit du public. Car la police n'avait pas été la première à faire le rapprochement entre le meurtre de Monica Pecorelli, étudiante à Roma Tre, et Marta Russo, étudiante à La Sapienza, elle aussi mystérieusement tuée par balle douze ans plus tôt. C'était le 9 mai 1997, une fin de matinée presque estivale, Marta Russo se promenait avec sa copine Iolanda dans une petite allée de La Sapienza, elles avaient vingt ans et plein de livres sous les bras. Elles marchaient côte à côte et se parlaient comme se parlent les filles ; Iolanda avait même continué à parler après la chute de Marta. Plus tard, elle se rappellerait avoir entendu un bruit sourd. Touchée derrière l'oreille gauche par une balle de calibre 22, Marta Russo s'était effondrée sur l'asphalte ; elle était morte à l'hôpital cinq jours plus tard. L'arme du crime n'avait jamais été retrouvée. Les expertises balistiques avaient établi que le coup était parti d'une fenêtre du premier étage de l'Institut de philosophie du droit, celle de la salle numéro 6 : sur le rebord de cette fenêtre on avait retrouvé des fragments d'une particule binaire composée de baryum et d'antimoine. L'enquête s'était avérée complexe, entre fausses pistes et mensonges de certains témoins. Iolanda Ricci, la copine de Marta Russo, avait déclaré à la police qu'on s'était trompé de cible, et que c'était elle que le meurtrier visait. Fille d'un haut fonctionnaire du ministère de la Justice, qui avait été directeur de prison dans les années 70, Iolanda était convaincue qu'il s'agissait d'un attentat politique. Hypothèse qui avait été étayée par la date du meurtre, car l'assassin avait tiré sur Marta Russo un 9 mai. Or, le cadavre d'Aldo Moro, tué par les Brigades rouges, avait été retrouvé le 9 mai 1978. Pour corser un peu plus l'affaire, une autre jeune fille – une jolie blonde, comme Marta Russo – s'était présentée à la Questura pour déclarer elle aussi qu'on s'était trompé de cible : elle était persuadée que c'était elle que visait le tueur, puisqu'elle avait l'habitude de passer tous les jours à l'endroit où le crime avait été commis. Et comme son père était un collaborateur de justice sicilien, il pouvait s'agir d'une vengeance mafieuse. Ces deux pistes s'étant révélées infructueuses, l'enquête s'était focalisée sur deux maîtres-assistants de l'Institut de philosophie du droit. Malgré des repentirs et des faux témoignages, surtout ceux d'une employée de l'administration de l'université, d'un gardien de l'Institut et d'une troisième enseignante, les deux jeunes maîtres-assistants, Salvatore Ferraro et Giovanni Scattone, furent inculpés. On avait retrouvé des traces de poudre dans la serviette du premier et sur les vêtements du second. Après des années de procès, soixante et onze audiences, quatre cents témoins pour la défense et soixante-dix pour l'accusation, les deux inculpés furent condamnés en 2003 : l'un à cinq ans et quatre mois de réclusion pour meurtre sans préméditation, l'autre à quatre ans et deux mois pour complicité de meurtre. Il s'agissait d'un meurtre sans mobile : les deux maîtres-assistants avaient probablement voulu démontrer la validité des théories exposées dans leurs séminaires. À l'heure actuelle, tous les deux étaient libres : l'un, prof de philo remplaçant dans un lycée de la capitale ; l'autre, collaborateur d'un parlementaire.

Le bureau de Mariella était encore plongé dans le noir, la lampe design que Paolo lui avait offerte n'éclairait qu'un coin de la table. Elle se leva, s'approcha de la fenêtre ; seuls étaient visibles les halos jaunes des réverbères. Puis elle retourna s'asseoir, poussa quelques papiers et commença à dessiner en repensant à la silhouette frêle de madame Baldelli qui s'éloignait avec sa petite boîte de choux dans la main gauche. Elle avait des remords de l'avoir laissée partir seule, le soir du meurtre. Aurait-elle pu la sauver? C'était ridicule, elle ne pouvait savoir que Lucetta Baldelli était cardiaque.

Doris Del Savio, la fille de Lucetta, repartait aujourd'hui pour Cogne, petit village du Val d'Aoste qui devait sa triste renommée à une affaire d'infanticide, le « crime de Cogne ». Mariella se rappelait cette affaire qui elle aussi avait fait couler beaucoup d'encre. Le matin du 30 janvier 2002, Samuele Lorenzi, trois ans, avait été retrouvé mort par sa mère dans le lit conjugal où elle l'avait laissé le temps d'accompagner son fils aîné à l'arrêt du bus scolaire. Pendant la petite dizaine de minutes où il était resté seul, Samuele avait été frappé de dix-sept coups mortels sur la tête. La mère s'était exprimée sur un plateau de télévision avant d'être reconnue coupable par la cour d'assises d'appel, le 27 avril 2007, et condamnée à seize ans de réclusion. Dans cette affaire non plus l'arme du crime n'avait jamais été retrouvée.

Mariella se redressa d'un coup sur sa chaise. Qu'est-ce qu'il lui prenait de se mettre à fouiller ainsi dans sa mémoire pour en sortir des affaires criminelles plus sordides les unes que les autres? Arrivait-elle à un moment de sa vie où tout serait prétexte à évoquer les actes aberrants auxquels elle avait affaire à longueur de journée? Ou bien était-ce simplement l'effet de l'aube naissante? Elle avait déjà noirci beaucoup de feuilles, à ce rythme son nouveau carnet destiné à *Bloody Monday* serait épuisé bien avant la fin de l'enquête.

– Si maintenant vous commencez vos journées la nuit!... dit le commissaire D'Innocenzo en entrant dans son bureau.

Mariella sursauta, elle ne l'avait pas entendu arriver. Le commissaire laissa passer l'agent Torretta qui portait un somptueux plateau de l'hôtel Exedra.

– Qu'est-ce qu'on fête ? demanda Mariella.

C'était un petit déjeuner complet avec jus d'orange fraîchement pressé et vaste choix de croissants : nature, aux céréales, à la confiture, à la crème, au Nutella et au miel. Et, bien sûr, les cafés.

– Le patron dit qu'aujourd'hui, c'est votre anniversaire, expliqua Torretta en déposant le plateau sur son bureau avant de quitter la pièce.

Mariella choisit un croissant aux céréales et dit au commissaire :

– Si mon anniversaire tombait au printemps, je le saurais.

– C'est pourtant bien votre anniversaire, De Luca, répondit D'Innocenzo.

Elle réfléchit, puis demanda :

– Ce n'était pas en avril, mon entrée dans la brigade ?

– Le 25 mars 2000, le jour de l'Annonciation.

Mariella leva les yeux vers le commissaire. « Le jour de l'Annonciation » : c'était ce qu'avait dit Gabriele Pollastrini en parlant de la date d'anniversaire de Monica Pecorelli et de la sienne.

– Quand Torretta m'a dit que vous étiez déjà arrivée, continua le commissaire, je l'ai tout de suite envoyé chercher un petit déjeuner à l'hôtel Exedra.

Il jeta un œil au carnet grand ouvert sur le bureau et vit le dessin de deux choux à la crème sur une assiette.

– Mais j'ai oublié les choux, ajouta-t-il.

Mariella rougit.

– Ce sont les choux que n'a pas mangés madame Baldelli, fit-elle en refermant son carnet.

Sur la couverture, elle avait écrit à l'encre rouge :

« *Bloody Monday* ». Le commissaire ne fit pas d'autres commentaires.

– Votre femme m'a envoyé un message hier soir, dit Mariella avant d'avaler une gorgée de café. Il paraît que vous vous faites du souci pour moi ?

– C'est plutôt elle qui se fait du souci pour vous, mais Ida me prête volontiers ses sentiments. Ça lui permet de se renseigner à moindre frais.

– Femme de flic...

– En fait, c'était un prétexte pour vous inviter à déjeuner dimanche prochain, dit-il. Vous viendrez, n'est-ce pas ?

– Avec plaisir. Elle a également invité Silvia.

– Ça mettra de l'ambiance !

D'Innocenzo ouvrit sa serviette puis il déplaça le plateau et dégagea un petit espace sur le bureau pour y poser une chemise.

– J'ai reçu ce fax de la balistique, cette fois on a quelque chose.

Mariella éloigna immédiatement sa tasse. Elle s'empara de la feuille et lut à voix haute :

– « Balle de calibre 8 mm provenant d'une Mauser K98, non répertoriée dans IBIS[5]... »

Elle s'interrompit, fronça les sourcils et leva les yeux vers le commissaire.

– Mais c'est une arme de guerre !

– Continuez à lire, De Luca.

– « Cette carabine est utilisée encore aujourd'hui pour la chasse ; elle est très appréciée par les tireurs sportifs et par les collectionneurs. »

5. Le système IBIS enregistre des images numériques des marques microscopiques présentes sur les douilles et les balles. Une signature électronique est extraite de chaque image et comparée avec les images précédemment enregistrées dans la base de données.

Mariella resta un instant silencieuse, puis elle demanda :

– Est-ce que vous avez le rapport d'autopsie complet ?

Le commissaire chercha une deuxième chemise, avant de répondre :

– Comme vous le savez déjà, l'autopsie n'a révélé que la mort par balle et l'endroit où celle-ci est allée se loger.

Il sortit de nouvelles feuilles et lut :

– « L'orifice d'entrée de la balle dans l'os occipital... pas de trou de sortie... les esquilles projetées par la balle qui a traversé le crâne, percé la dure-mère et après s'être enfoncée profondément dans le cerveau a été arrêtée par le palais osseux et s'est enclavée dans l'épaisseur de l'os. Les violentes lésions cérébrales ont provoqué la mort immédiate... »

– Et le laboratoire a confirmé que les morceaux de cristal et de métal retrouvés près du corps proviennent d'une barrette à cheveux ? demanda Mariella.

– « ... un bijou pour cheveux du genre kanzashi en métal argenté et strass de cristal, taille 130 mm », lut le commissaire sur une autre feuille.

Mariella revit l'abondante chevelure auburn de la victime.

– La barrette de métal a été un obstacle sur le trajet de la balle et elle a agi comme un amortisseur, dit-elle.

Le commissaire leva les yeux, s'attarda un instant sur le visage de son inspecteur principal, dont il nota l'extrême pâleur, puis il déclara en rangeant ses feuilles :

– On va poursuivre l'audition des témoins, mais il faut vérifier d'urgence tous les chasseurs, collectionneurs et dingues d'armes à feu. D'abord dans le quartier, puis dans toute la ville. Si le tueur a fréquenté un stand de tir, il ne doit pas nous échapper. Sans oublier de continuer à fouiller aussi dans la vie de la victime. Pour l'instant, nous avons juste une étudiante visiblement plus intéressée par ses liaisons douteuses que par ses études.

– Vous dites ça parce que c'était une fille de bonne famille et qu'elle fréquentait un type qui vivait dans un quartier populaire. C'est ça, la mixité sociale, commissaire...

– Arrêtez-moi ça tout de suite, De Luca ! Des préjugés de ce genre vous en avez autant que moi, vous en voulez un exemple ?

Mariella rougit en saisissant immédiatement l'allusion du commissaire à ses relations difficiles avec la famille de Paolo.

– Et qu'est-ce qu'on fait avec cette histoire d'homonymie ? demanda-t-elle pour changer de sujet. Le journaliste de *La Repubblica* qui a fait référence au meurtre de 1979...

– Genovese s'en est occupé, il n'a rien trouvé qui puisse relier les deux affaires. Je ne crois pas aux anniversaires des morts, je préfère fouiller dans la vie des vivants. Surtout dans celle des résidents des deux immeubles indiqués par la balistique : ceux des Lots 12 et 13. Le Lot 12 est celui où habitait votre témoin...

– Je sais, répondit Mariella. Les trois fenêtres de l'appartement de madame Baldelli donnent sur la Piazza Bartolomeo Romano.

– Il y avait des absents le soir du meurtre, notamment les voisins du dessous de madame Baldelli. Salesi a sonné plusieurs fois à leur porte lors de l'enquête de voisinage, il n'y avait personne. Il a appris qu'ils étaient dans leur maison de Torvajanica.

– Monsieur et madame Marini. Silvia et moi, nous avions déjà sonné à leur porte, le lendemain du meurtre, car madame Baldelli ne nous avait pas répondu. Il n'y avait effectivement personne chez eux.

– Ils sont rentrés hier soir, dit le commissaire. Salesi les a déjà contactés par téléphone : aucun lien avec la victime, c'est un couple de retraités sans histoires.

Mariella nota leur numéro de téléphone.

– J'irai faire un tour à la Garbatella aujourd'hui, je veux en savoir plus sur Gabriele Pollastrini, cet étudiant qui était proche de madame Baldelli. J'en profiterai éventuellement pour passer aussi chez les Marini.

– Et pourquoi vous voulez revoir l'étudiant ?

– Parce que aujourd'hui, c'est l'anniversaire de la victime.

Le commissaire la regarda sans comprendre. Mariella expliqua :

– Monica Pecorelli aurait fêté ses vingt ans aujourd'hui et Gabriele Pollastrini est né le même jour. C'est lui qui me l'a dit. Il était très troublé par cette coïncidence et aussi très affecté par le meurtre, même s'il ne connaissait pas la victime. Il est venu me voir au bureau mercredi dernier et il m'a même appelée plusieurs fois pour savoir où nous en étions.

– De quoi se mêle-t-il, celui-là ?

– J'ai l'impression qu'il fait une vraie fixation sur Monica Pecorelli, il l'a même appelée par son prénom à plusieurs reprises devant moi.

– Mais vous venez de me dire qu'il ne la connaissait pas !

– C'est vrai, mais maintenant il en sait autant sur elle que s'il l'avait fréquentée depuis la maternelle. Ou bien il n'a rien à faire ou bien il est obsédé par ce meurtre.

– Ou bien il veut devenir flic, dit Silvia en déboulant dans la pièce.

Elle aperçut le plateau de l'hôtel Exedra.

– La classe ! dit-elle en s'adressant à Mariella. T'as trouvé un sponsor ou c'est le fils à papa qui est revenu ?

D'Innocenzo la fusilla du regard.

– Votre délicatesse n'a jamais eu besoin de preuves, Di Santo.

Silvia rougit, elle n'aimait pas les reproches, et ceux du patron moins que les autres.

– J'ai reçu un appel hier soir qui pourrait nous intéresser, dit-elle pour essayer de se racheter.

Mariella fit mine de bouder, même si en réalité elle se moquait des allusions de Silvia. Le café avait réveillé les acides de son estomac de femme enceinte, elle dut quitter le bureau pour se précipiter aux toilettes.

– Vous devriez doser votre humour, Di Santo, vous savez bien que rien ne va plus chez elle depuis cette rupture.

Silvia tenta de se justifier :

– D'habitude mes blagues ne lui font ni chaud ni froid.

Elle attrapa le carnet de Mariella, le feuilleta, puis s'exclama :

– Encore ! Elle perd la boule avec ces choux !

– Comment ça ? demanda le commissaire.

– Les deux choux à la crème que feu notre témoin, Lucetta Baldelli, n'a pas mangés : elle n'arrête pas de m'en parler. Si maintenant elle se met aussi à les dessiner...

– Le crayon l'a toujours aidée à réfléchir.

– Ça l'aide surtout à prendre des vessies pour des lanternes ! Mariella s'entête sur ce détail parce qu'elle n'a pas trouvé la boîte de la pâtisserie dans la poubelle de madame Baldelli. Mais la pauvre dame, chamboulée comme elle l'était, a très bien pu l'oublier n'importe où avant de rentrer chez elle. Et comme nous savons maintenant qu'elle était dans un tel état de choc qu'elle y est passée pendant la nuit...

– Elle ne l'a pas oubliée, pas plus qu'elle n'a oublié ses clés, l'interrompit Mariella depuis le pas de la porte.

Silvia se sentit gênée.

– Ça va, De Luca ? demanda le commissaire en remarquant qu'elle était encore plus pâle que tout à l'heure.

Mariella ne répondit pas. Combien de temps pourrait-elle encore cacher son état à tout le monde ?

– Je vous ai posé une question ! insista le commissaire.

– Ne vous en faites pas pour moi, patron, ce n'est rien, juste des problèmes d'estomac.

– Vous ne nous faites pas un ulcère, par hasard ? fit-il. Il faut aller voir un médecin, De Luca.

– J'ai déjà fait des analyses, on m'a diagnostiqué une gastrite érosive.

Silvia la regarda, ahurie. Mariella lui lança un regard complice : elle n'allait quand même pas révéler au patron qu'elle faisait une dépression !

Elle mentait à tout le monde et elle mentait bien. Elle racontait les choses en les voyant exister telles qu'elle se les représentait, et elle-même y croyait presque. Le bel héritage maternel ! Implacable avec les mensonges des autres, qu'elle détectait d'autant plus facilement qu'elle en reconnaissait les signes, sa mère s'était toujours montrée très indulgente avec les siens. « Je ne fais de mal à personne ! » disait-elle quand elle se faisait prendre. Mais la seule fois de sa vie où elle avait dit la vérité, elle avait fait plus de mal qu'elle ne pouvait l'imaginer.

– De Luca !

Elle reconnut l'odeur de cuir du canapé sur lequel elle était allongée : comment avait-elle échoué dans le bureau du commissaire ?

– Buvez ça ou je vous emmène aux urgences, lui dit D'Innocenzo.

Tout sauf les urgences ! Elle but son verre jusqu'à la dernière goutte : un Talisker dix-huit ans d'âge, réserve personnelle du patron. Elle reprit immédiatement ses esprits.

– Que s'est-il passé ?

– T'es tombée raide ! dit Silvia en lui plaquant un baiser sur le front.

Le commissaire sourit, un peu gêné.

– N'en profite pas, dit Mariella.

Elle voulut se lever, mais la tête lui tournait.

– C'est la chute des sucres, dit-elle, j'aurais dû faire plus honneur à votre plateau, commissaire. Surtout qu'hier soir, je me suis couchée sans dîner.

D'Innocenzo fronça les sourcils. Elle se rassit et vit que Casentini était là lui aussi.

– Qu'est-ce qu'ils ont dit de plus, les parents de la victime ? lui demanda-t-elle de but en blanc.

– On a revu une deuxième fois le père vendredi dernier, avant qu'ils ne partent tous pour les obsèques dans le village natal de la mère. Madame Pecorelli était encore alitée. Le professeur Pecorelli nous a reçus de nouveau dans son bureau, qui fait quatre fois la taille de celui-ci. Comme je vous l'ai déjà dit, il enseigne au Politecnico de Milan, alors quand il est à la maison, soit il prépare ses cours soit il écrit des articles. Un métier sans horaires, un peu comme le nôtre.

– Tu parles ! fit Silvia. Prof à la fac, c'est pépère : on donne un ou deux cours par semaine et on passe le reste du temps calé dans son fauteuil à lire ou assis à son bureau à écrire. J'aimerais bien voir un seul prof se taper une scène de crime !

– Et il a dit quelque chose de nouveau au sujet de sa fille ? insista Mariella.

– Non, il continue à parler de quand elle était petite, il ne sait pas grand-chose sur la vie qu'elle menait.

– Il sait quand même qu'elle découchait tout le temps ! dit Mariella.

– Il prétend que sa femme lui dissimulait les mauvaises fréquentations de sa fille. J'ai l'impression que le couple ne s'entend pas, madame Pecorelli fait chambre à part et le professeur est souvent absent. J'ai appris, d'ailleurs, qu'il n'est pas rentré à Rome après les obsèques de sa fille, ce week-end, et qu'il restera à Milan jusqu'à la fin de l'année universitaire.

– C'est son épouse qui te l'a dit ? demanda le commissaire qui ne tutoyait que les hommes dans son équipe.

– Non, c'est la domestique ukrainienne. Elle vénère son patron, en tout cas. C'est quelqu'un de très connu dans le milieu scientifique, il enseigne l'analyse...

Casentini sortit son calepin, il le feuilleta sans trouver ce qu'il cherchait.

– Genovese vous le dira, il retient facilement tous ces trucs-là, dit-il.

– L'analyse hilbertienne, dit Genovese en entrant à cet instant dans la pièce.

Tout le monde le salua. Il lança un regard inquiet à Mariella et lui demanda :

– Ça va, toi ?

– Arrêtez de tous vous inquiéter pour moi ! s'écria-t-elle. On dirait que j'ai déjà un pied dans la tombe ! Donne-moi plutôt des détails sur les relations entre le père et la fille.

– Il était surpris d'apprendre qu'elle fréquentait la Garbatella, répondit Genovese, un peu vexé. C'est tout juste s'il sait localiser le quartier sur un plan de la ville. Il n'a jamais dû y mettre les pieds.

– Il devait quand même savoir que Monica était étudiante à Roma Tre, dit Silvia.

– Il ne s'intéressait pas aux études de sa fille, répondit Genovese. Histoire de l'art... Pour lui, il n'y a que les maths qui comptent. En plus, comme il enseigne à Milan, il n'est pas souvent là. Sans compter qu'il part aussi pas mal en voyage : congrès, colloques, missions dans le monde entier.

– Un père absent, quoi ! conclut Silvia.

– Et pour cette histoire de nom ? demanda Mariella. Aucun lien donc avec le journaliste assassiné en 1979 ?

– Aucun, répondit Genovese. Je l'ai déjà dit au commissaire : pure homonymie.

– Vous irez à la Garbatella avec De Luca ? demanda D'Innocenzo à Silvia.

– Non. En début d'après-midi, je reçois une certaine Vanessa Tiberia, qui s'est présentée au téléphone comme étant la petite amie d'Edoardo Troiani.

– Troiani ? Mais c'était plutôt le petit ami de la victime… fit Casentini.

– Ce n'est pas l'avis de ladite Vanessa, répondit Silvia.

PETITE AMIE

Vanessa Tiberia était une fille format XS : maigre à la limite de l'anorexie, petite comme une enfant de CM2. Silvia la reçut dans son bureau, seule ; Mariella était déjà partie à la Garbatella.

Quand elle avait serré la main de mademoiselle Tiberia, Silvia avait craint de broyer ses doigts minuscules.

– Vous m'avez dit au téléphone que vous aviez des renseignements à nous fournir, dit Silvia en l'invitant à s'asseoir.

Vanessa Tiberia était habillée comme une gamine, ce qui renforçait encore l'impression d'avoir affaire à une mineure.

– Nous devions nous marier, dit-elle d'emblée.

– Edoardo Troiani a pourtant déclaré qu'il était le petit ami de la victime, fit Silvia.

– C'était mon petit ami à moi ! s'indigna Vanessa. Cette salope a tout gâché !

Voix dure, langage cru, dépit de petite fille : il était difficile de la prendre au sérieux.

– Il y a six mois, cette pute de Monteverde s'est mise à racoler chez nous, mais c'était pas sérieux... Demandez à la mère d'Edo, elle a tout de suite pigé à qui elle avait affaire :

bonjour bonsoir quand elle venait à la maison, mais elle ne la remettait pas si elle la croisait dans la rue !

– Madame Troiani l'avait pourtant invitée à dîner, le soir où elle a été tuée. Monica Pecorelli voulait même acheter un mont-blanc chez Damiani pour l'apporter à la mère d'Edoardo.

Vanessa éclata de rire.

– « Invitée à dîner » ! Vous rigolez ? La mère d'Edo n'a jamais invité personne à dîner de toute sa vie !

– C'est pourtant ce qu'a déclaré Edoardo.

– Bordel, vous comprenez pas ? Edo ment comme il respire ! Cette salope, elle la voyait même pas, sa mère ! Le mont-blanc, c'était pour elle ! Elle le bouffait dans le lit pendant qu'elle se faisait sauter. C'est Edo qui me l'a dit.

Si l'on faisait abstraction de son physique, on pouvait sans difficulté imaginer Vanessa en train d'empoigner un fusil pour flinguer sa rivale.

– Je ne vois pas dans ce que vous me dites où sont les renseignements que vous m'aviez annoncés au téléphone, dit Silvia. À part le fait que vous étiez jalouse de la victime.

Elle ne nia pas.

– Alors ces renseignements ? la relança Silvia.

Vanessa sortit un petit miroir d'un sac trop grand pour elle et elle se passa une couche de rouge sur des lèvres déjà assez chargées.

– J'espère que vous n'êtes pas venue ici juste pour vous défouler, mademoiselle Tiberia.

Vanessa la regarda sans comprendre. Silvia se demanda pourquoi elle n'arrivait jamais à s'imposer avec les témoins. Mariella, elle, obtenait l'effet escompté rien qu'en fronçant les sourcils.

– Cette salope voulait rompre, dit Vanessa.

– Vous admettez donc qu'elle était bien la petite amie d'Edoardo Troiani.

Vanessa bouda, puis elle l'admit :

– Elle le tenait par la queue. C'est avec ça qu'il raisonne, Edo.

Elle fit une pause, puis continua :

– Il était comme fou quand cette salope lui a annoncé qu'elle voulait plus le voir. C'était un samedi soir, il m'a appelée, il avait besoin de me parler. J'ai cru que je lui avais manqué... Mon cul ! Il avait le moral à zéro, j'ai pensé que son père venait d'y passer. On s'est vus, on s'est fait des câlins, on était dans ma bagnole, tout en haut du Gianicolo. Et vous savez ce qu'il m'a dit après, ce salaud ? J'avais pas encore remonté mon jean qu'il m'a dit : « C'est pas que ça me plaît pas avec toi, mais... » « Mais quoi ? » je lui ai fait. « C'est que... tu me fais pas rêver ! » Putain, que ça m'a fait mal !

Sa voix s'était cassée, Silvia crut qu'elle allait se mettre à pleurer. Mais elle continua :

– Il m'a tuée. Je vous jure que si j'avais eu un couteau sous la main, je l'aurais étripé, ce con ! Mais je n'avais que mes ongles...

Elle montra ses ongles laqués et se mit à rigoler.

– C'était trop comique ! Moi, les fesses collées au siège, lui avec sa bite qui se redressait. Ça l'excitait, le salaud ! Mais moi je voulais plus, alors je l'ai envoyé balader.

Elle s'interrompit, puis ajouta d'une toute petite voix :

– Il m'a prise quand même...

Vanessa avait perdu son panache et elle passa brusquement du rire aux larmes. Des sillons sales se dessinaient sur ses joues en drainant un mélange de noir et de rouge vers la commissure de ses lèvres. Silvia en fut presque touchée.

– Vous voulez porter plainte ? lui demanda-t-elle.

Vanessa la fixa, étonnée.

– Plainte ?

– Plainte pour viol.

– Viol ? Quel viol ? Toute la Garbatella sait…

– Sait quoi ? s'impatienta Silvia.

– Toute la Garbatella sait que j'avais la rage quand Edo m'a plaquée et que j'aurais fait n'importe quoi pour le faire revenir. J'aurais mieux fait de la buter moi-même, cette pute !

– Je vous conseille de faire attention à ce que vous dites, mademoiselle ! Monica Pecorelli a été assassinée ! Surveillez votre langage, si vous ne voulez pas que ça se retourne contre vous.

Vanessa se tut, vexée. Puis elle marmonna :

– C'était quand même une très grosse salope.

– Est-ce que vous êtes venue ici pour nous dire qu'Edoardo Troiani pourrait être impliqué dans le meurtre de Monica Pecorelli ? demanda Silvia.

– J'ai pas dit ça !

– Qu'est-ce que vous voulez dire alors ?

– Vous devriez interroger Otello.

– C'est qui, Otello ?

– C'est le meilleur pote d'Edo.

– Otello comment ?

– Otello Villani. Il disait tout le temps : « Si Monica le quitte, je la défigure. »

– Défigurer, ce n'est pas tuer. Qu'est-ce qu'il fait dans la vie, Otello ?

– Il fait rien. Pour ça ils sont pareils, Edo et lui. Sauf qu'Otello n'a pas de moto et il court comme un petit chien derrière son pote.

– Depuis combien de temps se connaissent-ils ? demanda Silvia.

Vanessa la regarda comme si cette question n'avait pas de sens.

– Ils se connaissent depuis toujours, c'est comme deux frères. Mais surtout leurs pères allaient à la chasse ensemble et ils les emmenaient toujours avec eux. Edo et Otello ont appris à tirer ensemble, et pas que sur des bouteilles. Edo a aussi appris à tirer à sa pute.

– Que voulez-vous insinuer, Vanessa ?

– Je veux rien insinuer du tout, juste que Miss Roma savait tirer.

Silvia hésita. C'étaient des informations confuses, mais elles lui semblaient importantes. Il fallait reprendre ce témoignage depuis le début, mettre le tout par écrit et faire ensuite signer à Vanessa Tiberia ses déclarations. Mais la jeune fille ne l'entendait pas ainsi.

– Ce que je suis venue vous dire, inspecteur, c'est à l'oral, vous l'aviez pas compris ? Je signe rien du tout ! Je vous ai dit ce que j'avais à vous dire, maintenant démerdez-vous !

Silvia aurait pu la retenir et même la coffrer quelques heures pour outrage à un représentant des forces de l'ordre. Elle aurait pu aussi la menacer ou l'intimider. Elle eut la sagesse de la raccompagner comme si leur conversation devait rester confidentielle. Elle en parlerait plus tard avec Mariella. Que le petit ami de la victime sache manier un fusil, ce n'était pas un détail sans importance. Que son copain Otello ait menacé Monica Pecorelli, ce ne l'était pas non plus. On pouvait peut-être tirer quelque chose de ces informations.

En descendant avec elle l'escalier de la Questura, Silvia posa une main sur l'épaule de Vanessa et lui dit :

– Si vous avez besoin de moi, n'hésitez pas à me rappeler, mademoiselle Tiberia.

Vanessa lui sourit de ses lèvres trop maquillées et lui répondit :

– Vous êtes quand même sympa pour une flic !

À LA MÉMOIRE D'UN ANGE

Gabriele avait découpé dans tous les journaux la même photo de Monica. Il n'y en avait pas d'autres, toujours ce portrait de face, longs cheveux bouclés encadrant le visage, lèvres à moitié ouvertes et regard pensif. La photo de sa carte d'identité. La famille avait refusé de fournir d'autres photos à la presse.

À partir de ces photos qu'il avait collées sur un carton de 40 x 50 cm, Gabriele avait réalisé une espèce d'affiche qu'il avait accrochée au mur de sa chambre. Cette pièce minuscule d'environ sept mètres carrés, qui ressemblait plutôt à un débarras qu'à une chambre, était depuis toujours son blockhaus. Il lui arrivait parfois de la fermer à clé en partant mais, à vrai dire, il savait que ce n'était pas nécessaire. Sa mère n'y entrait jamais sans sa permission, elle respectait son intimité et mettait un point d'honneur à ne pas l'envahir. Ce qui lui était d'autant plus facile qu'elle n'était pas d'un tempérament curieux. Albina avait une confiance absolue en son fils, mais ce n'était pas cette confiance qui l'arrêtait devant la porte de sa chambre. C'était plutôt une étrange distance qu'elle ressentait depuis toujours entre elle-même et tout ce qui relevait du monde masculin. Au fond, les hommes lui avaient toujours fait peur. De son côté, Gabriele estimait qu'il avait de la chance d'avoir une mère discrète. Albina était à l'opposé exact de Lucetta, qui s'immisçait dans tout ce qui le concernait et passait son temps à le mettre en garde contre ceci ou contre cela. En général contre les filles. Ce qu'elle pouvait être envahissante avec ses questions, ses conseils, ses avis sur tout !

Gabriele était réveillé depuis un moment, mais il ne se levait pas. Il regardait sur le mur d'en face la petite photo de Monica démultipliée dans le collage qu'il avait fait et s'adressait à elle en pensée : « Tu n'es pas morte, Monica. Il ne se passe de jour que je ne sois avec toi ni de nuit que je ne te sente à mes côtés. Tu es dans mon cœur comme jamais tu n'as été dans le cœur d'un homme. »

Ce matin, il n'irait pas à la fac, le moment de descendre à la cave était arrivé. Comme tous les résidents du Lot 12, sa mère ignorait l'existence de cette cave oubliée depuis des lustres dans le sous-sol du bâtiment M, au fond d'un couloir où jamais personne ne s'aventurait. L'éclairage y était inexistant, l'interrupteur qui commandait une ampoule grillée avait été arraché. De toute façon, Gabriele n'avait jamais croisé âme qui vive dans le sous-sol de l'immeuble, mais il est vrai qu'il y allait de préférence la nuit. Une seule fois, il y avait reconnu les voix des Marini ; avec leur pavillon en bord de mer, ils venaient parfois déposer des affaires dans leur cave. Cette fois-là, Gabriele avait fait le mort et ils ne s'étaient pas aperçus de sa présence. Les Marini ne l'aimaient pas et il le leur rendait bien. Par le passé, ils avaient essayé de monter Lucetta contre lui, qui s'était dépêchée de le lui rapporter. Quand il descendait à la cave dans la journée, il prenait ses précautions : il partait en disant à sa mère qu'il allait à la fac, remontait la Via Passino, la rue où il avait l'habitude de se garer, enfourchait sa moto et disparaissait. Mais dix minutes plus tard, il était de retour, après avoir garé sa moto plus haut, Via delle Sette Chiese, devant l'entrée du Lot 10. Ce qu'il fit aussi ce matin du 25 mars, jour de son vingtième anniversaire. Il était né le jour de l'Annonciation, c'est pour cette raison que sa mère l'avait appelé Gabriele. Dans l'Évangile de Luc I, 35, l'ange dit à Marie : « Le Saint-Esprit viendra sur toi, et la puissance du Très-Haut te couvrira de son ombre. C'est pourquoi le saint Enfant qui naîtra de toi sera appelé Fils de Dieu. » Il connaissait ce passage par cœur depuis qu'il avait appris à parler. Lucetta avait débuté de bonne heure son éducation religieuse.

Il retourna dans l'immeuble par l'entrée de la Via Passino ; derrière la vitre de sa boutique qui se trouvait juste à côté de l'entrée, le coiffeur lui lança un regard hostile : il ne le saluait plus depuis qu'il ne se faisait plus couper les cheveux chez lui. Gabriele traversa le jardin en passant derrière des massifs de renoncules roses et de pensées bleues, se faufila dans le hall du bâtiment M et descendit au sous-sol. Il ne rencontra personne, la chance lui souriait. Comme elle avait souri autrefois à Graziella Monteloro, jusqu'au jour où elle était tombée amoureuse de celui qu'elle n'aurait pas dû aimer. C'était son histoire qu'il aimait se répéter, la nourrissant chaque fois de nouveaux détails.

Rome, 25 mars 1944. Ni les Allemands ni les fascistes n'aiment la Garbatella. Perché sur les collines de San Paolo, ce quartier est une île dans la ville, un labyrinthe qui échappe au Minotaure. Le quartier se situe à quatre kilomètres à peine du Capitole, mais les liaisons avec le centre-ville ne sont assurées que par le tram numéro 22, qui mène au Colisée, et il est difficile de rejoindre même des quartiers aussi proches que le Testaccio ou le Trastevere. Les Allemands, qui occupent la ville depuis que les Italiens ont unilatéralement proclamé l'armistice avec les forces alliées, le 8 septembre 1943, effectueraient volontiers une désinfection générale, mais ce quartier, avec son imbrication de rues et de ruelles, de cours et de courettes, est comme un village, les gens se serrent les coudes. Et puis à Rome, il n'y a pas que la Garbatella. Il y a surtout la Via Rasella, en ce mois de mars 1944. Et comme tous les Romains, les habitants de la Garbatella sont terrifiés, d'autant plus que le quartier n'est pas loin des Fosse Ardeatine, où trois cent trente-cinq personnes ont été assassinées la veille d'une balle dans la nuque, suite à l'attentat de la Via Rasella[6].

Graziella fête aujourd'hui ses vingt ans, mais l'époque n'est pas propice aux anniversaires. Avec sa jupe plissée, ses socquettes blanches et son ruban dans les cheveux, elle pourrait passer pour une fillette. Mais malgré son jeune âge, elle a déjà rempli des missions pour la Résistance depuis l'occupation de la capitale par les troupes allemandes. Ce sont ses cheveux qu'on remarque en premier : une masse cuivrée et rebelle. Elle les ramasse en arrière et arpente les rues de la ville comme un poulain bai, crinière au vent. Elle porte des vêtements trop larges pour sa taille, elle y cache des messages codés, des armes et même, une fois, une bombe artisanale. Elle le fait pour son père qui a rejoint les GAP[7] *dès que le pays a été occupé. Sa mère est morte en couches, c'est lui qui l'a élevée. Elle vient d'une famille toscane aisée d'où sont sortis de nombreux artistes : son grand-père maternel était un peintre* macchiaiolo, *le meilleur ami du fameux Domenico Zann. La légende familiale veut que Domenico Zann, descendu à Florence, soit tombé amoureux de Vera, la grand-mère de Graziella. Il en a fait un portrait, c'est Graziella qui en a hérité. Elle ressemble à la jeune femme du portrait ; ce tableau est tout*

6. Le 23 mars 1944, des membres de la Résistance romaine font exploser une bombe alors qu'une colonne de soldats allemands passe par la Via Rasella. Les Allemands décident d'exécuter dix Italiens pour chacun des trente-trois soldats tués lors de l'attentat.
7. Les GAP (Groupes d'Action Patriotique) étaient de petits groupes de résistants communistes.

ce qui lui reste de sa famille. Quand son père a quitté Florence pour rejoindre les réseaux de la Résistance romaine, Graziella a emporté le tableau dans sa valise. Elle le garde sous son lit, dans la chambre où l'accueille tante Iris, la sœur de son père.

L'après-midi du 25 mars 1944, deux jours après l'attentat de la Via Rasella, Graziella quitte le domicile de sa tante. Ce sont des jours sombres, la terreur règne sur la ville. Personne n'est à l'abri de personne. Depuis quelque temps, les Allemands sont à la recherche d'une jeune femme qui œuvre pour la Résistance ; tante Iris a peur pour sa famille et elle demande à Graziella de quitter la maison. Avant de s'éclipser dans la clandestinité, le père de Graziella a laissé à sa fille l'adresse d'un homme de confiance qui est censé l'aider en cas de besoin : il s'appelle Umberto Scorza. Il vient de Florence lui aussi et vit à la Garbatella, Lot 12, bâtiment M, au rez-de-chaussée. Il est peintre et instituteur. Graziella ne connaît pas la Garbatella, elle sait juste que le quartier se trouve sur la route d'Ostie et que deux semaines plus tôt, il a subi les bombardements des Anglais, qui ont fait cinquante victimes. Elle s'y rend avec le dernier tramway, juste avant le couvre-feu. Le tram numéro 22 est vide, la jeune fille ne passe pas inaperçue avec sa valise. Graziella a peur, mais elle se fie à sa bonne étoile.

Quand Umberto Scorza lui serre la main, elle pense à sa grand-mère et au peintre Domenico Zann qui en était tombé amoureux. Umberto a trente ans, il est marié et a une enfant de cinq ans. À la vue de cette jeune fille à la chevelure de feu, son œil de peintre est ébloui. Sa femme, elle, est tout de suite inquiète. Dès le premier regard, Flora Scorza ressent une aversion profonde envers la jeune inconnue. Elle évoque auprès de son mari le danger qu'elle leur fait courir en se présentant chez eux en ces jours de terreur. La fillette de cinq ans regarde elle aussi Graziella avec hostilité. La jeune fille se sent rejetée ; la fierté la pousse à prendre congé de la petite famille le soir même. Umberto est submergé par la compassion, le père de Graziella lui a fait jurer qu'il aiderait sa fille en cas de besoin. Mais Umberto a peur pour les siens, il partage le point de vue de sa femme. Le remords toutefois l'envahit. Il accompagne Graziella jusqu'à la sortie du bâtiment M et lui dit :

– Laissez votre valise ici, mademoiselle, vous reviendrez la chercher plus tard.

Graziella refuse. Dans la valise, il y a le portrait de sa grand-mère, elle ne s'en séparera jamais.

– Alors je vous accompagne chez Don Benedetto, lui dit-il. Il vous accueillera pour la nuit, ensuite nous aviserons.

Il fait nuit, le couvre-feu a vidé les rues, le quartier est complètement mort, comme le reste de la ville d'ailleurs. La valise encombre Graziella et attire trop l'attention sur elle. Brusquement, Umberto rebrousse chemin. Graziella s'étonne, il lui fait signe de se taire et de le suivre. Elle a confiance, c'est l'ami de son père. La valise lui pèse, depuis le temps qu'elle la porte. Elle la confie à Umberto qui prend sa main pour la guider. Ils retournent dans le bâtiment M et descendent au sous-sol sans faire de bruit. Les voix des résidents leur parviennent de loin et s'estompent à mesure qu'ils s'enfoncent dans l'obscurité. La cave sent légèrement le gaz et l'humidité. Mais Graziella a le sentiment d'être en sécurité, pour la première fois depuis longtemps. Umberto ne lâche pas sa main.

– Personne ne viendra vous chercher ici, dit-il.

Il la guide dans le noir, elle est apaisée : quelqu'un s'occupe d'elle, sa peur s'évanouit. Umberto ouvre une porte, puis il lâche sa main et se met à tâter le mur; il déplace quelque chose de lourd, un meuble probablement. Ensuite, il ouvre une deuxième porte et la fait entrer dans une petite pièce.

– Vous resterez ici en attendant que les choses se tassent, dit-il. Je vous apporterai du pain et une couverture. Je vais aussi changer l'ampoule là-haut, elle est grillée.

Il y a un lit dans la pièce, il l'invite à s'y asseoir. Quand il s'en va, la peur revient. Elle a faim et froid, elle s'accroche à sa valise comme à un radeau, puis finit par s'allonger sur le lit, la valise écrasée contre son ventre. L'inquiétude l'a épuisée, elle s'endort. Umberto revient dans la nuit, elle entend un petit coup sur la porte, c'est le signe convenu. La lumière d'une torche éclaire le réduit dont le lit occupe une bonne moitié de l'espace. Umberto apporte des draps, une couverture, un pull-over, des bouteilles d'eau et une casserole avec des pâtes encore chaudes. Graziella dévore les pâtes, elle ne sait pas que c'est le dîner auquel Umberto a renoncé pour elle.

– Ma femme ne sait rien, lui avoue-t-il. Je lui en parlerai demain.

Elle vide la casserole, il ajoute :

– Flora attend un deuxième enfant. C'est pour le mois de septembre.

Graziella a conscience de troubler la paix du ménage, mais le froid, la faim et la peur chassent ses scrupules. Elle n'a pas idée de l'heure qu'il est, mais il lui semble que beaucoup de temps s'est écoulé depuis le moment où elle est montée dans le tramway numéro 22. Rassasiée, elle s'allonge sur le lit et ferme les yeux. Umberto la borde et pose le pull sur ses épaules. Elle est à moitié endormie lorsqu'il lui demande s'il peut voir le tableau dans la valise, dont elle lui a parlé. Elle lui répond :

– Demain.

Leur histoire commença ainsi.

Le lendemain à l'aube, un cône de lumière filtrait dans la cave. La porte de la petite pièce était restée ouverte, Graziella pouvait apercevoir un soupirail depuis le lit où elle était couchée. Elle n'osait pas se lever. Elle pensa à la femme d'Umberto, enceinte : accepterait-elle de cacher dans sa cave une inconnue recherchée par les Allemands ? Elle se sentait prisonnière, mais son gardien avait pitié d'elle. La petite pièce où elle se terrait avait probablement déjà servi à cacher d'autres personnes persécutées par le régime ; son père lui-même peut-être ? Les larmes lui montèrent aux yeux, elle ne l'avait pas revu depuis six mois.

Umberto lui avait laissé la torche, elle explora la cave. Elle n'était pas aussi grande qu'elle l'avait imaginé la veille, dans le noir. Dans le coin le plus éloigné de la porte, juste en dessous du soupirail, on avait déplié un chevalet de peintre et entassé des toiles contre le mur. Sur le meuble à étagères qui cachait la porte de la petite pièce et qui avait été déplacé par Umberto, il y avait plein d'objets disparates : assiettes ébréchées, pots cassés, couverts tordus, bouteilles, tissus élimés, torchons maculés. Elle vit aussi des boîtes de couleurs et une palette. Elle regarda les toiles : Umberto ne peignait que des natures mortes. Quand il revint, il la trouva recroquevillée sur le lit. Il avait apporté du pain, de l'eau et du café d'orge chaud. Il dut l'empêcher de tout avaler en une seule fois. Il ne pouvait descendre à la cave qu'à la faveur de la nuit; elle devina qu'il n'avait rien dit à sa femme.

Umberto Scorza était peintre, mais il exerçait également le métier d'instituteur à l'école élémentaire de Piazza Sauli, à dix minutes à pied de la maison. Il avait quitté Florence pour venir enseigner à Rome, où il avait été affecté. Il vivait à la Garbatella depuis six ans avec sa femme et sa fille, dans le petit appartement qu'on leur avait attribué grâce aux relations de son beau-père, chef maçon qui habitait dans le quartier depuis sa fondation, au début des années 20. La guerre l'avait surpris dans la capitale, et en raison d'un problème cardiaque il avait été réformé. Umberto peignait et il avait transformé sa cave en atelier. Personne ne savait, même pas sa femme, que la petite pièce dissimulée par le meuble à étagères servait de repaire à des résistants en fuite. Dans une trappe creusée dans la voûte de la cave, enveloppée dans une couverture militaire, Umberto cachait une carabine que Dino Monteloro, le père de Graziella, avait prise à un soldat allemand lors d'un attentat. Dino lui avait confié cette arme la nuit où il était parti pour une mission de laquelle il n'était pas revenu. Une arme redoutable, une Mauser K98 équipée d'un silencieux, d'un montage latéral Carl

Zeiss et d'une lunette de vue du même fabriquant, qu'Umberto gardait pour le cas où il devrait prendre la fuite si ses activités de soutien à la Résistance étaient un jour découvertes. Pour lui, c'était l'arme de l'ennemi, l'arme de la SS et de la police allemande, et il se disait qu'il ne s'en servirait qu'en dernier recours. Mais il se l'était juré : jamais il ne tomberait vivant dans les mains des bourreaux.

C'étaient là les idées des jours sombres. Mais il y avait aussi les lendemains des nuits passées à peindre dans la cave à la lumière d'une ampoule, quand il rêvait à « l'après ». Après l'Occupation, après la guerre, quand il partirait en Amérique avec sa petite famille ; il y rencontrerait un marchand de tableaux, il exposerait dans des galeries, il ferait fortune. Il serait opéré, il guérirait.

Dès le lendemain de sa rencontre avec Graziella, il lui parla de ses rêves et de sa peinture.

Alors, Graziella ouvrit sa valise et coupa les cordelettes autour du papier journal qui protégeait le tableau de Domenico Zann.

– Je ne l'ai jamais montré à personne depuis que j'ai quitté Florence, dit-elle.

Quand il vit le tableau, Umberto fut subjugué. Le portrait semblait être celui de Graziella elle-même. Le modèle avait été représenté à l'instant où le corps s'engourdit dans le sommeil, sa luxuriante chevelure de cuivre se répandait sur le blanc de l'oreiller, la palette bleue des tissus se mariait avec la blancheur de la peau ; le bras relevé, enfoui sous l'oreiller, montrait une aisselle sombre. C'était une représentation voluptueuse ; il en fut troublé. Graziella lui expliqua que c'était le portrait de sa grand-mère maternelle, Vera, la femme du peintre Zeffiro Pellizzi, le meilleur ami de Domenico Zann.

– Domenico Zann est tombé amoureux fou de ma grand-mère dès leur première rencontre, lui dit-elle. Et ce fut la catastrophe du conflit entre l'amour et l'amitié. Un peu comme pour Werther et Charlotte.

Il y eut tout de suite cette connivence entre eux : le goût romantique des passions malheureuses, les conversations la nuit, à voix basse. Umberto voulut mettre de côté les natures mortes et faire le portrait de Graziella. Elle fut son modèle. Il venait quand sa femme et sa fille dormaient. Puis un jour, le portrait fut achevé. C'était un samedi, Flora, sa femme, avait emmené leur fille pour les vacances de Pâques chez sa sœur aînée, dans la campagne de Viterbe. Umberto avait prétexté qu'il voulait travailler pour ne pas les accompagner. Il prépara un dîner de fête et montra à Graziella le portrait qu'il avait fait d'elle. Elle le serra dans ses bras.

Ils vécurent des jours d'amour intense, comme épargnés par le destin, avant que la situation ne se retourne. Car Flora revint plus tôt que prévu. L'élément qui mit la tragédie en marche, ce fut le récit du père de Flora quand il la rejoignit à la campagne. Il lui raconta que la veille il était venu apporter du ciment et des briques chez eux pour monter un mur qui permettrait de réaliser une petite chambre d'enfant dans la chambre des parents, et qu'Umberto n'avait pas voulu qu'il l'aide à ranger le matériel dans la cave, disant qu'il s'en occuperait lui-même. Flora ne dit rien, mais elle demanda à son père de la raccompagner à Rome.

Ils arrivèrent à la Garbatella vers onze heures du soir. L'appartement était vide malgré l'heure tardive. Flora mentit à son père, étonné par l'absence de son gendre, et lui dit de les laisser, sa fille et elle ; elle lui expliqua qu'Umberto avait l'habitude d'aller jouer aux cartes chez un collègue, quand il était seul. Ensuite elle coucha sa fille et descendit au sous-sol. Elle dut s'asseoir sur la dernière marche avant d'emprunter le petit couloir qui menait à sa cave. Flora ne pouvait respirer, elle sentait l'enfant qu'elle portait en elle qui tapait dans son ventre. Elle se releva, se dirigea vers sa cave, puis s'arrêta devant la porte et crut entendre des voix. Elle agrippa la poignée. La porte n'était pas fermée à clé. Elle s'avança silencieusement dans l'obscurité. Plus le moindre bruit. Un mince espoir renaquit en elle.

Mais soudain, elle entendit la voix de son mari. Alors ce fut le cœur d'Électre déchiré par mille serpents, ce fut l'éternel recommencement de l'amour trahi. Avant de s'abandonner à cette violence qui allait l'emporter, Flora alluma la lumière et, instinctivement, claqua la porte de la petite pièce qui se trouvait à l'intérieur de la cave ; elle y aperçut un trousseau de clés. Personne ne respirait. Flora vit que le meuble à étagères qui cachait l'entrée de la petite pièce avait été déplacé, puis elle vit les portraits. Celui de Graziella et celui de son aïeule. Ce fut comme une tempête de neige qui recouvrait sa raison. Tout y fut enfoui, les années d'amour, le mariage, l'enfant qui dormait là-haut, l'enfant qu'elle portait dans son ventre.

– Flora !

Elle entendit la voix de son mari et répondit :

– Les Allemands ! Ne bougez pas ! Papa s'en occupe.

Elle ne pouvait voir la honte sur le visage d'Umberto, mais elle la devinait.

– Pardon, lui dit-il.

– Tais-toi ! Je vous enferme pour votre sécurité.

Et elle tourna la clé dans la serrure.

Les amants n'eurent d'autre choix que de faire confiance à leur bourreau. Flora vit les briques et le sac de ciment que son père avait apportés et que son mari avait descendus au sous-sol et entassés contre le mur, à côté des tableaux. Elle quitta la cave et remonta chez elle remplir un seau d'eau. Elle accomplissait chacun de ses gestes avec application. Le temps s'était arrêté. Elle redescendit plusieurs fois, le seau plein, et remplit à moitié un tonneau qui était dans la cave. Quand elle remonta une dernière fois, sa fille était debout dans la cuisine. Elle la prit avec elle et elles descendirent toutes les deux au sous-sol. Flora commença à construire un mur pour boucher la porte de la petite pièce. Sa fille lui passait les briques, l'une après l'autre. Quand le mur fut érigé aux trois quarts, l'enfant s'endormit, la tête appuyée contre les tableaux de son père. À l'intérieur, les voix terrorisées des amants s'estompaient peu à peu, le ciment durcissait. Quand Flora eut terminé son œuvre, le jour commençait à filtrer depuis le soupirail.

Ce qui advint à l'intérieur de la petite pièce restera inconnu à jamais. Les amants trouvèrent-ils une consolation l'un dans l'autre tandis que le piège se refermait sur eux ? Purent-ils s'étourdir d'amour et de sexe, ou bien le péril les rejeta-t-il chacun à leur solitude ? Flora avait puisé dans sa rage une énergie qui l'avait rendue sourde aux contractions de son ventre. Elle ne savait pas qu'elle perdrait son enfant au terme de cette nuit d'horreur. L'aurait-elle su, cela n'aurait rien changé. Son monde s'écroulait, elle en accélérait la chute.

À la fin des vacances de Pâques, Umberto ne regagna pas sa salle de classe. Le bruit se répandit alors dans le quartier qu'Umberto Scorza, ce beau Florentin qui avait épousé la fille du chef maçon, avait disparu dans la montagne avec la fille d'un résistant communiste exécuté aux Fosse Ardeatine. On dit aussi que c'était à la suite du choc qu'elle avait subi que sa femme Flora avait perdu l'enfant qu'elle attendait. Ce bruit fut inventé et propagé par le père de Flora, à qui sa fille avait tout raconté. Il fournit également cette version à la police venue l'interroger. Il avait des relations, il n'eut pas de difficultés à salir la réputation de son gendre et à détourner de sa famille l'attention des autorités. À la fin de la guerre, le chef maçon, qui avait détruit toutes les toiles d'Umberto, rendit visite à un marchand véreux et lui vendit pour une grosse somme le tableau de Domenico Zann, qu'il avait conservé. Après cette nuit où elle avait emmuré vivant son mari avec sa maîtresse, Flora Scorza ne remit jamais les pieds dans la cave. Mais elle garda précieusement la clé de la petite pièce. Et sur son lit de mort, Flora révéla son secret à sa fille qui avait tout oublié de cette nuit terrible, avant de lui remettre cette clé. Sa fille apprit ainsi, à l'âge de quarante ans, qu'elle avait été la complice d'un double meurtre. La fille de Flora s'appelait Lupa, surnommée d'abord Lupetta, puis Lucetta.

Lorsque Lucetta s'était ouverte de son terrible secret à Gabriele, elle lui avait confié que c'était grâce à l'argent de la vente du tableau de Domenico Zann que son grand-père maternel avait pu corrompre des fonctionnaires de l'ICP[8] et obtenir pour sa fille l'attribution de ce bel appartement au dernier étage de la petite tour, qui dans l'esprit de l'architecte était destinée à des logements pour artistes en raison de ses très grandes fenêtres. Flora y avait vécu jusqu'à sa mort. Puis Lucetta, qui y avait toujours habité avec sa mère, même après son mariage, avait hérité de cette location à loyer modéré. Et en 1998, grâce aux lois donnant aux locataires de certains logements populaires la possibilité d'acheter leur appartement à des prix largement inférieurs à ceux du marché, elle en était devenue propriétaire.

Lucetta n'avait jamais vu de ses propres yeux le tableau de Domenico Zann que Graziella avait apporté de Florence dans sa valise. Mais Flora qui, sur son lit de mort, se rappelait encore les moindres détails de ce tableau, avait révélé à sa fille le nom du peintre. Quand Lucetta raconta toute l'histoire à Gabriele, celui-ci n'eut aucune difficulté à découvrir qu'il s'agissait de la *Dormeuse bleue* de Domenico Zann, conservée à la Ca' Pesaro de Venise. En apprenant qu'il avait identifié le tableau, Lucetta fut bouleversée et lui fit jurer de ne jamais raconter à personne ce qu'il savait. Gabriele jura, comme d'habitude. Ce fut à ce moment-là que le plan commença à germer dans sa tête : fasciné par l'histoire de Graziella, l'idée s'était immédiatement glissée en lui de venger les deux amants emmurés ; puis cette idée s'était muée en une espèce d'obsession. Peu comptait à ses yeux le fait que Lucetta n'ait été à l'époque des événements qu'une enfant de cinq ans : elle devait payer pour sa mère !

8. Istituto Case Popolari : « Institut des habitations populaires », équivalent de l'office HLM.

Ensuite le sort s'en était mêlé et l'histoire s'était répétée, à quelques variantes près. Comme si Graziella s'était réincarnée en Monica. Comme si l'amour d'Umberto s'était réincarné dans le sien. Un amour plus fort que la mort.

Alors qu'il avançait prudemment dans l'obscurité du sous-sol, plusieurs images se superposaient et se mélangeaient dans la tête de Gabriele : le tableau de Domenico Zann, le portrait de Graziella tel qu'il se l'imaginait, et celui de Monica. Images d'une jeune fille belle et pure emportée par une mort injuste. Même visage d'ange, même chevelure de feu. Gabriele s'identifiait tantôt au peintre qui était tombé amoureux de la femme de son meilleur ami, tantôt à l'artiste qui avait uni son dernier souffle avec celui de son modèle. Mais il ne se voyait jamais en meurtrier : il n'avait pas ôté la vie à Monica, il l'avait rencontrée dans la mort. Monica vivait en lui chaque nuit. Il la serrait dans ses bras, il l'aimait comme une vivante. Chaque jour, il l'emmenait dans son cœur, où qu'il aille.

Gabriele entra dans la cave, referma la porte, puis sortit de sa poche la clé que Lucetta avait cachée sous le carreau de la chambre à coucher. Le velours de la pochette qui la protégeait se décomposait sous ses doigts. « Pourvu que cette clé marche encore », se dit-il en la posant sur un tabouret. Puis il commença à déplacer le meuble qui cachait le mur de la petite pièce.

L'ANNONCIATION

Quel ange était donc ce Gabriele qui lui revenait sans cesse à l'esprit ? se demandait Mariella en appuyant sur la sonnette des Pollastrini. En ce début d'après-midi, il devait être à la fac. Il y était tous les jours, sauf le mardi matin, avait dit sa mère. Aujourd'hui, on était mercredi et c'était d'ailleurs le jour de son anniversaire. Ce qui la gênait chez lui, plus encore que son empressement à se montrer serviable, c'était son regard : des pupilles immobiles, des iris exceptionnellement transparents. Silvia lui disait qu'elle voyait le mal partout, mais pouvait-il en être autrement quand on exerçait ce métier ? Il est vrai qu'on aurait pu lui opposer qu'elle avait choisi ce métier précisément parce qu'elle voyait le mal partout.

Un pas traînant derrière la porte, puis le silence : Albina Pollastrini était en train de la regarder à travers le judas.

– Police ! dit Mariella.

Albina ouvrit et lui demanda en avançant sa tête dans l'embrasure de la porte :

– Votre collègue n'est pas avec vous ?

– Ce n'est pas une visite officielle, répondit Mariella. Je viens... comment dire ?... par scrupule de mère.

Albina ne comprit pas le sens de la phrase, mais le ton qu'elle employait lui plut.

Dans la cuisine, le téléviseur était allumé, sur la table étaient posés quelques fruits et un paquet de biscuits entamé.

– Vous voulez un café ? proposa-t-elle en débarrassant la table.

Mariella accepta. Albina éteignit le téléviseur et s'affaira avec la cafetière.

– Vous parliez de « scrupule de mère », vous avez des enfants ? demanda-t-elle en s'asseyant en face de Mariella.

– Un petit garçon, mentit Mariella.

– Quel âge ?

– Trois ans.

Le visage d'Albina s'éclaira.

– C'est le bel âge. Mais n'attendez pas trop longtemps pour lui donner un frère ou une sœur, les enfants uniques, ce n'est pas facile à élever. Mais le vôtre doit avoir un père.

– Tous les enfants ont un père, répondit Mariella en souriant.

Quand elle souriait, son visage se métamorphosait. C'était un atout majeur, et elle le savait. Son air concentré pouvait intimider ses interlocuteurs, mais dès qu'elle souriait, elle inspirait immédiatement confiance. Albina sortit une *crostata* d'un placard.

– Gaby adore la *crostata* aux griottes, j'en fais au moins une par semaine. Je ne dis pas que celle de chez Damiani n'est pas aussi bonne, nous avons sur la place une des meilleures pâtisseries de la ville. Mais les propriétaires se sont un peu monté la tête depuis que la télé est venue chez eux : vous connaissez *Les Cesaroni*[9] ?

– J'en ai entendu parler.

– Eh bien, ils ont tourné un épisode à l'intérieur de la pâtisserie, ajouta Albina.

9. Série télévisée italienne inspirée par la série espagnole *Los Serrano*. Elle raconte les vicissitudes d'une famille habitant la Garbatella.

Un instant, Mariella se demanda si elle ne perdait pas son temps. Elle décida d'être plus directe.

– Votre fils était très proche de Lucetta, dit-elle. Et vous ?

– En fait, je ne la voyais plus beaucoup. Il y a deux ans, j'ai pris une retraite anticipée et Lucetta me l'a reproché. J'ai compris que ça ne lui plaisait pas que je sois tout le temps là pour Gaby. Lucetta a toujours été très possessive, mais avec l'âge ça a empiré. C'était devenu comme si Gaby lui appartenait. Quand il était petit et que je travaillais à l'université, il passait tous ses après-midi chez elle, après la classe. À l'époque, il faut dire les choses, elle m'a beaucoup aidée. Mais Gaby a une mère quand même !

Elle se releva pour servir le café.

– Et son père ? demanda Mariella.

Albina la regarda, désemparée. Personne ne faisait plus allusion au père de Gabriele depuis des années. Ceux qui savaient se taisaient, ceux qui ne savaient pas la croyaient veuve. Il n'y avait plus depuis bien longtemps chez les gens du quartier cette curiosité qui faisait jaser quand Giulio venait la retrouver chez elle. Alors elle se mit à parler. Elle lui raconta qu'à l'époque, elle était flattée qu'un professeur s'intéresse à elle, petite secrétaire à l'université de droit. Quand il avait rompu, elle s'était contentée d'échanger un mot avec lui dans les couloirs de la fac ; ensuite, ils avaient fait mine tous les deux de ne s'être jamais rencontrés ailleurs. Les années avaient ainsi passé, puis il y a environ trois ans elle avait appris que le professeur Orsini divorçait pour épouser une de ses étudiantes. Cela l'avait plus fait souffrir que leur rupture, dix-sept ans plus tôt. La jalousie qu'elle ne s'était pas autorisée à ressentir à l'époque envers l'épouse de son amant avait explosé comme une bombe à retardement. Elle avait alors commencé à prendre des congés maladie, jusqu'au jour où elle avait reçu cette proposition de retraite anticipée. Ce n'était pas un mauvais plan : le montant n'était pas très élevé, mais comme Giulio lui versait une pension et que grâce à Lucetta, Gabriele ne manquait vraiment de rien, elle se dit qu'elle ne s'en sortirait pas si mal. Ce qui avait été le cas jusqu'à l'année dernière, quand s'étaient brusquement arrêtés les versements qui arrivaient régulièrement sur son compte depuis dix-neuf ans, réévalués sans qu'elle n'eût jamais besoin de le demander. Albina en avait parlé à Lucetta, qui avait mené sa petite enquête. Lucetta avait été mariée à un huissier de justice et elle avait développé un talent incomparable pour trouver toute sorte de renseignements. Elle avait ainsi découvert que le professeur Orsini n'enseignait plus à l'université. Frappé par la maladie d'Alzheimer, il vivait dans une maison de repos, abandonné à la fois par son étudiante et par sa famille, qui s'en était débarrassé et avait mis de l'ordre dans ses comptes. C'est ainsi que le virement mensuel au bénéfice d'Albina Pollastrini avait été arrêté sans aucune explication. Albina aurait pu demander une recherche en paternité, mais elle refusa d'entreprendre une procédure qui aurait détruit la seule histoire d'amour de sa vie. Gabriele se rangea de son côté, ce que Lucetta n'apprécia pas. Elle aurait aimé se servir de lui pour convaincre sa mère d'attaquer les Orsini, ces « *Pariolini*[10] » qu'elle détestait comme elle détestait tous ceux qui n'habitaient pas à la Garbatella. Rome était pour Lucetta un grand corps inconnu dont le cœur était la Garbatella, cette île dans la ville, où elle était née et avait toujours vécu. Elle considérait comme des étrangers tous ceux qui venaient y habiter sans y être nés.

Depuis qu'Albina ne recevait plus de pension, Lucetta était obsédée par la famille Orsini, qui symbolisait pour

10. Les habitants des Parioli, quartier bourgeois situé près de la Villa Borghese.

elle la Rome bourgeoise : la ville des fonctionnaires parasites, du gouvernement sangsue, de la caste qui siège au Parlement, de tous ceux qui vous mentent pour vous soutirer de l'argent. De tous ceux auxquels elle attribuait les changements qu'elle constatait chaque jour dans *sa* Garbatella : dans ses Lots, dans ses rues, dans ses places, dans ses jardins, dans ses commerces et jusque dans l'eau miraculeuse de la fontaine Carlotta[11], où tous les couples de la Garbatella avaient échangé leur premier baiser. Les Orsini faisaient du tort à *son* Gabriele. Déjà que le père lui avait refusé son nom ! Lucetta s'était découvert une soif de vengeance qu'Albina l'empêchait d'assouvir. Mais pour une fois, Albina avait trouvé en Gabriele un allié : ni elle ni lui ne voulaient d'un scandale. Pour des raisons exactement opposées : Albina par amour, Gabriele par haine. Albina parce qu'elle voulait préserver son histoire d'amour, Gabriele parce qu'il détestait ce père qui lui avait refusé son nom et n'avait jamais ressenti le besoin de le rencontrer.

Fille unique, ce qui pour les gens de la Garbatella de sa génération était une exception, Lucetta Baldelli avait d'abord été une enfant gâtée, puis une jeune femme égocentrique et une épouse dominatrice. Pendant un temps, sa fille Doris avait été pour elle comme une poupée, elle fut plus tard une contrariété et resta à jamais une inconnue. Lucetta avait toujours mené une vie aisée : son grand-père maternel était un chef maçon rusé, compromis à toutes les époques avec tous les pouvoirs en place. Il lui avait laissé en héritage deux petits appartements dont la location complétait la retraite de son défunt mari. Lucetta était bonne gestionnaire, mais ses largesses envers son protégé provenaient

11. La fontaine Carlotta, symbole de la Garbatella, est appelée la « fontaine de l'amour » par les habitants du quartier; elle représente un visage de femme aux cheveux longs qui déverse de l'eau dans une petite vasque.

aussi des intérêts que lui versaient ceux qui lui empruntaient de l'argent. C'était un petit commerce rentable, un bouche à oreille fiable, qu'elle entretenait exclusivement avec des gens du quartier, qui s'endettaient sans risque pour se payer des vices mineurs : des filles pour les messieurs, des fringues pour les dames. Elle ne prêtait ni aux junkies, ni aux joueurs, ni aux pauvres. Gabriele était le seul et unique bénéficiaire de ces modestes transactions. Car Lucetta avait déversé sur lui toute l'affection qu'elle n'avait jamais eue pour personne, même pas pour sa fille Doris. Elle le suivait, le dirigeait, le contrôlait. Il était son sujet de conversation privilégié, l'objet de toutes ses pensées. Albina s'y était résignée car Lucetta offrait à Gabriele un niveau de vie qu'il n'aurait jamais pu se permettre sans elle, mais en la voyant morte dans son lit, elle n'avait pu s'empêcher de se dire, soulagée : « C'est fini ! »

– Et les filles ? demanda Mariella.

– Les filles ? répéta Albina sans comprendre.

Entre ce qu'elle avait confié à la flic et ce qu'elle avait pensé sans lui dire, elle avait complètement perdu le fil de la conversation.

– Gabriele doit bien avoir une copine, dit Mariella.

– Une copine ?

– Oui, j'imagine qu'un beau garçon comme lui doit faire des ravages.

– Mais il n'a pas vingt ans, dit Albina.

Puis elle ajouta en riant :

– En fait si : il a justement vingt ans aujourd'hui. Il est né le jour de l'Annonciation, c'est pour ça qu'il s'appelle Gabriele. C'était un signe.

– Un signe ?

– Oui, répondit Albina, le signe d'une nouvelle vie qui commençait pour moi. Quand le père de Gabriele a appris que j'attendais un enfant, il a tout fait pour me convaincre de m'en débarrasser. C'est la seule fois de ma vie où j'ai vraiment imposé ma volonté. J'ai voulu cet enfant, Gaby a été *ma* décision. Même si cette décision m'a fait perdre mon amant. Et si elle a fait de mon fils un enfant sans père.

Soudain Mariella ne savait plus que penser de cette femme, et encore moins de son fils. Il était trois heures et demie à l'horloge de la cuisine, elle remercia Albina pour le café et prit congé. Sur le pas de la porte, Albina lui dit :

– Ça m'a fait du bien de parler avec vous, inspecteur. Revenez prendre le café quand vous voulez.

Dans la cave, Gabriele regardait la magnifique carabine que Lucetta lui avait offerte pour ses seize ans, l'année où elle l'avait inscrit à un stage d'été de tir sportif dans les Abruzzes, où il était retourné depuis tous les ans. Elle avait longtemps gardé l'arme comme une relique, c'était tout ce qu'il lui restait de son père. Elle voulait que Gabriele apprenne à l'utiliser, mais lui avait interdit de la sortir de la cave. C'est ainsi que, chaque été, en revenant de ses stages, Gabriele avait passé de longs après-midi dans le sous-sol à lire des manuels de tir.

La cachette dans la voûte de la cave, où il avait replacé la K98 après avoir tué Monica et étouffé Lucetta, n'était plus aussi sûre. Il avait l'intention de cacher la carabine dans la petite pièce où soixante-cinq ans plus tôt, Flora, la mère de Lucetta, avait emmuré vivants les deux amants. Il abattrait le mur, puis le remonterait, et personne ne la trouverait plus jamais. Mais qu'allait-il découvrir dans la petite pièce, une fois le mur abattu ?

Pendant qu'Albina se livrait à des confidences avec un représentant de la police judiciaire, inspecteur principal de la brigade criminelle, chargé de l'enquête sur le meurtre de Monica Pecorelli dont son fils était l'auteur, Gabriele s'acharnait à coups de masse sur le mur de la petite pièce. Quand le trou fut assez grand pour lui permettre d'ouvrir la porte, il alla chercher la clé qu'il avait posée sur le tabouret. Sa paupière gauche recommençait à battre. Il glissa la clé dans la serrure, la tourna en tremblant, la porte s'ouvrit. Il ne vit que du noir et demeura immobile devant la porte entrouverte.

Et s'il n'y avait rien au-delà ? Si Lucetta avait tout inventé ? Il recula, ôta ses lunettes de travail, baissa le haut de sa combinaison et s'essuya le front. Les pulsations de sa paupière ne s'arrêtaient plus, mais ses jambes étaient de marbre. Il sortit sa torche, poussa la porte d'un geste décidé, pénétra dans la petite pièce. Soudain, il sentit une présence à ses côtés et comprit que Monica était venue le rejoindre. Alors il lui raconta l'histoire des amants emmurés. Il fit les commentaires qu'elle aurait pu faire, s'arrêtant sur les détails qui auraient pu l'émouvoir. Il écrivait les dialogues et répartissait les rôles, il était l'auteur, les personnages et l'unique acteur d'une pièce qui se jouait dans sa tête, pour lui tout seul. Le souffle de Monica sur son cou l'encouragea : « Tu seras le premier à les regarder, dit-elle. Personne ne les a pleurés, personne n'a su comment ils étaient morts. Ils ont été si seuls dans leur tombe. Flora les a arrachés à la mémoire des hommes. Mais toi, tu as réparé cette injustice, tu as fait payer la coupable ! Et moi, je suis à tes côtés. » Oui, elle était à ses côtés, sa Monica : sa voix résonnait en lui, ses cheveux lui frôlaient la joue, sa main cherchait la sienne. Il la serra très fort. Soudain, il fut envahi par une fièvre de savoir ; il alluma la torche et s'avança dans la petite pièce. Il les vit tout de suite : d'abord les crânes sur l'oreiller, puis les squelettes allongés côte à côte sur le lit. Ils étaient unis comme dans une étreinte amoureuse : les os des bras et des jambes rapprochés, encastrés, mélangés. Aucun reste de vêtements, que de pauvres ossements. Ils devaient être nus quand Flora les avait surpris. Il se rappela les *Amants de Mantoue*, ces deux squelettes du néolithique retrouvés en 2007 aux portes de la ville ducale. Même position troublante, même impression d'accouplement macabre. Il fut pris d'un vertige et buta contre le lit ; une poussière épaisse se souleva, qui le fit tousser.

Combien de temps avaient-ils souffert avant de mourir ? Il avait tenté de nombreuses fois de se représenter le moment de la découverte. Il avait prévu son angoisse, son dégoût, son rejet... Mais ce qu'il ressentait à présent dépassait tout ce qu'il avait pu imaginer. Il les observa sans les toucher et invita Monica à s'approcher elle aussi. Elle refusa, elle était trop émue. Alors il commença à les lui décrire. Lucetta n'avait rien inventé.

Promenant sa torche dans la petite pièce, Gabriele finit par éclairer une vieille valise au pied du lit : couverte de poussière, mais encore en assez bon état. Était-ce la valise de Graziella dont Lucetta lui avait parlé ? Il s'accroupit, posa la torche sur le sol, coucha la valise et l'ouvrit. Il trouva à l'intérieur un paquet protégé par du papier journal : des feuilles jaunies de la *Nazione* de Florence, datées du 29 septembre 1943 et retenues par une ficelle. Il lut à la une : « Le Duce a présidé en Italie la première réunion du Gouvernement Fasciste Républicain ». Il défit les nœuds fiévreusement, on pouvait entendre les battements de son cœur. Il ôta le papier, toussa à plusieurs reprises, puis la *Dormeuse bleue* apparut. La toile était en excellent état ; c'était une copie parfaite du tableau de Domenico Zann. Il approcha la torche, explora de près chaque détail. Son cœur explosait. Sur un fond de bleus clairs et de blancs tantôt soutenus tantôt légers, dominait la chevelure de feu. Le modèle était couché, le visage sur l'oreiller tourné vers le mur tapissé d'arabesques aux couleurs tendres ; une joue s'offrait à la lumière, tandis que la bouche, le nez et la paupière s'enfonçaient dans l'ombre. Il émergeait de ce visage une sensualité de la chair apaisée dans le sommeil et pourtant encore pleine de vie ; le bras gauche relevé, en partie caché sous la chevelure, en partie sous l'oreiller, laissait paraître la touche sombre sous l'aisselle. C'était un portrait qui triomphait de la mort, tellement vivant dans cette tombe. Mais que faisait ici cette copie de la *Dormeuse bleue* ? Où le grand-père de Lucetta avait-il trouvé l'original ? Et pourquoi Graziella avait-elle conservé cette copie dans sa valise ?

Ce n'était pas une copie ! Voilà pourquoi cette toile se trouvait dans la valise de Graziella ! Le grand-père de Lucetta avait vendu une copie du tableau exécutée par son gendre ! Tout à l'exaltation de sa découverte, Gabriele en oublia les crânes, les squelettes, les amants, et tout le plan qui occupait son esprit depuis des mois. La *Dormeuse bleue* était sous ses yeux, entre ses mains. L'œuvre rescapée d'une passion qui n'avait engendré que souffrance et mort était maintenant à lui. « C'est le destin, lui souffla Monica. Je ne suis morte que pour te guider dans ce sous-sol. » Il se retourna, mais elle avait disparu comme elle le faisait de temps en temps. Elle était ainsi, sa Monica : elle apparaissait et disparaissait au gré de ses émotions. Il revit alors son portrait dans le salon des Pecorelli et une idée s'imposa à lui : il lui fallait ce deuxième portrait pour débuter une collection. *Sa* collection : la *Dormeuse bleue* et l'*Angelus Novus*, Graziella et Monica. La beauté réincarnée par le regard, l'art qui triomphe de la mort.

LA FORGE DE VULCAIN

Finalement, après sa rencontre avec Albina Pollastrini, Mariella avait renoncé à aller sonner chez les Marini. En rejoignant sa voiture garée sur la place, elle repensait au récit d'Albina : sa vie de fille-mère, ses relations difficiles avec Lucetta, sa déception de femme abandonnée, sa solitude de mère dépossédée de son fils. Lucetta avait été généreuse avec Gabriele, mais elle l'avait gardé sous sa coupe. Gabriele était un garçon sérieux et travailleur, très attentionné, une perle. Mais il n'y avait pas de filles dans sa vie. Avec son physique et sa gentillesse, il était vraiment surprenant qu'on ne lui connût pas de petite amie.

Mariella vérifia sa boîte vocale. Trois appels en absence, deux messages de Silvia : « Si tu es encore à la Garbatella, attends-moi ! » « Rendez-vous à seize heures trente chez Damiani. » Elle regarda sa montre, elle avait le temps de faire un petit tour dans le quartier. Elle remonta la Via Cravero et s'arrêta tout en haut, juste avant le Largo delle Sette Chiese, pour lire une inscription sur le trottoir : « Tu n'es pas belle, tu es magnifique. Je ne t'aime pas, je t'adore. » Elle s'appuya contre le muret du Lot 12, qui bordait le jardin, et sortit son carnet. L'air était doux, elle ouvrit son blouson et commença à dessiner. Elle fit plusieurs esquisses : la cuisine d'Albina, l'écran plat, la vaisselle, la table ; elle noircit son doigt pour réaliser un sfumato. Puis elle leva les yeux et aperçut une Honda. Elle était garée devant l'entrée du Lot 10, qui se trouvait juste en face du Lot 12. Elle crut reconnaître la moto d'Edoardo Troiani, le petit ami de la victime. Mariella traversa la rue et alla inspecter le véhicule. Elle prit une photo avec son téléphone, nota le numéro d'immatriculation, et fit une rapide esquisse de la Honda. Edoardo Troiani habitait plus bas, Piazza Benedetto Brin, dans un des immeubles qui constituaient le noyau historique de la Garbatella. Une plaque de marbre sur le bâtiment principal, à la base de l'arc qui symbolisait l'entrée dans le quartier, rappelait la date de fondation de la Garbatella : le 18 février 1920. Que faisait cette moto ici à cette heure ? Elle entra dans le jardin du Lot 10, le plus grand du quartier : la végétation y était plus variée, de grandes palmes s'y dressaient. Un vieil homme l'observait, assis sur un banc.

– Bonjour, dit Mariella.

Le vieux ne répondit pas, il en fallait plus pour le dérider. Il se contenta de tourner la tête dans un sens puis dans l'autre, comme un oiseau qui cherche d'où vient le bruit. Mariella s'approcha et s'adressa à lui de manière plus directe :

– Vous habitez ici, monsieur ?

Il devait avoir plus de quatre-vingts ans, mais il n'était pas du genre à vous raconter comment il les avait passés. Il se leva et se dirigea vers le portail.

– Vous êtes sourd ? lui cria Mariella en lui emboîtant le pas.

– Vous devez être encore l'un de ces architectes qui viennent régulièrement nous pomper, dit-il enfin en s'engageant dans la Via Cravero.

Son carnet à la main, Mariella laissa échapper un sourire.

– Ça me plairait bien, mais je ne dessine que pour mon plaisir.

– Alors que venez-vous faire ici ? Allez plutôt à Fontana di Trevi !

– On m'avait dit qu'à la Garbatella les gens étaient très accueillants.

– Les gens en ont marre de voir débarquer chez eux des Miss Roma qui viennent pour le dépaysement. Vous êtes venue chercher l'inspiration dans le quartier où l'on tire sur les passants ?

– Vous avez deviné. Brigade criminelle, dit Mariella en lui fourrant sa carte sous le nez.

– Vous êtes de la police ? s'étonna le vieux en s'immobilisant au beau milieu du trottoir. Vous n'avez pas le physique, si je peux me permettre ! Et puis votre photo ne date pas d'hier, vous avez l'air…

Il ne finit pas sa phrase.

– L'air ? dit Mariella.

– L'air d'une de ces petites profs de Roma Tre qui viennent à la Garbatella avec leurs étudiants poser aux gens des questions sans queue ni tête. Quand on pose des questions, il faut s'y connaître un peu, vous ne croyez pas ? Quand on me demande, par exemple, si je suis né dans le Lot 10, faudrait quand même savoir que ce Lot n'existait pas en 1923, n'est-ce pas ?

– Et quand on vous demande à qui appartient la Honda qui stationne devant chez vous, est-ce qu'il faut être motard ?

Elle rouvrit son carnet, et là, debout, au milieu du trottoir, elle commença à esquisser le portrait de Mister Garbatella.

– Qu'est-ce que vous faites ? demanda-t-il.

– Vous avez un vrai profil d'empereur, répondit-elle en griffonnant sur sa feuille.

– C'est pas pour rien que je m'appelle Augusto, dit-il en prenant la pose.

L'esquisse terminée, Mariella arracha la feuille et la lui offrit. Il en fut flatté.

– Je suis toujours bel homme, n'est-ce pas ? Je vais montrer ce dessin à ma femme, mais il faut me le signer !

Mariella inscrivit trois lettres en bas du portrait : « MDL », puis elle se présenta :

– Mariella De Luca, j'enquête sur le meurtre de Monica Pecorelli.

Ils se serrèrent la main, puis elle proposa :

– Ça vous dirait un chou à la crème chez Damiani ? J'ai une collègue qui m'attend là-bas, vous ne serez pas déçu de la rencontrer.

– En mars, les choux à la crème s'appellent des « beignets de Saint-Joseph », dit-il en la suivant.

Depuis qu'il s'était assis, Augusto n'arrêtait pas de reluquer Silvia.

– J'étais restaurateur de métaux avant de prendre ma retraite, dit-il en enfonçant sa cuillère dans la crème du chou. J'étais le meilleur. Il y a encore dix ans, j'étais connu dans le monde entier : on ne voulait de personne d'autre à l'ICR[12]. J'ai même tenu entre mes mains la couronne de Théodelinde.

Il s'interrompit pour vérifier l'effet de cette révélation, il le jugea plutôt modeste.

– Vous, ça ne vous impressionne pas, bien sûr. La police s'intéresse aux macchabées, pas aux œuvres d'art.

Silvia regarda Mariella qui s'était levée et contemplait les pâtisseries dans la vitrine.

– J'ai quatre-vingt-six ans, continua-t-il, et on m'a un peu oublié aujourd'hui. Mais on vient encore me demander mon avis pour certaines interventions délicates. J'ai encore tous mes outils dans l'atelier, ils sont en parfait état. C'étaient mes baguettes magiques, grâce à eux j'ai redonné vie au célébrissime plan de Saint-Gall... On m'appelait « doigts de

12. Istituto Centrale del Restauro : institut central pour la restauration.

fée » dans le milieu. En 1997, la télé est même venue chez moi pour faire un reportage.

« Pourquoi les vieux deviennent-ils si gourmands ? » se demandait Mariella en observant de loin Augusto qui s'empiffrait en faisant la liste de ses exploits.

Silvia s'impatientait, elle ne comprenait pas pourquoi Mariella s'était pointée au rendez-vous accompagnée de ce vieux mec. En plus, elle était partie lui chercher une autre pâtisserie !

– La Honda devant chez vous appartient à Edoardo Troiani, n'est-ce pas ? demanda Mariella en posant sur la table une assiette avec un magnifique chou gonflé de crème pâtissière.

– Qui c'est, celui-là ? fit Augusto en éloignant son assiette vide.

– Le petit ami de la victime, répondit Silvia.

– Ah, Edo ! Ce petit branleur qui se balade à toute heure sur sa bécane… C'est une Honda, mais c'est pas la sienne.

– Elle est à qui alors, celle-là ? le brusqua Silvia.

Les yeux dans son assiette, Augusto répondit, vexé :

– Si je savais…

– Vous connaissez le propriétaire de cette moto, Augusto, dit Mariella d'un ton plus doux. Soyez gentil, dites-nous son nom.

Augusto demeura muet. Silvia piaffait, Mariella insista :

– Il faut nous aider, Augusto. Une enquête, c'est une mosaïque délicate : si vous placez mal une tesselle, vous ratez la composition.

– C'est la Honda de Gaby, le fils d'Albina, répondit-il. Vous l'avez déjà rencontré, c'est sa mère qui a découvert la pauvre Lucetta morte dans son lit.

Mariella se tut. Gabriele n'était donc pas à la fac. Où était-il puisqu'il n'était pas non plus chez lui ? Silvia relança le vieil homme :

– Et que pouvez-vous nous dire sur Edo ?

Elle était venue à la Garbatella pour raconter à Mariella son entrevue avec l'ex-petite amie d'Edo et elle était ravie de pouvoir recueillir des informations sur celui qui venait de passer pour elle au rang de suspect.

– Un bon à rien qui se la coule douce, répondit Augusto. Son père se meurt d'un cancer et sa mère trime pour lui payer un tas de trucs dont il pourrait se passer. C'est ça, d'être un fils unique.

– Et Otello Villani, vous le connaissez ? demanda Silvia.

Mariella semblait ne plus écouter, elle avait l'air complètement ailleurs.

– Un bon petit gars qui se laisse beaucoup trop influencer par Edo. Ils se connaissent depuis l'enfance, leurs pères allaient à la chasse ensemble et ils emmenaient leurs gosses avec eux.

Silvia était tout ouïe : Augusto venait de confirmer les déclarations de Vanessa Tiberia, et comme chasse rime avec fusil… À cet instant, Mariella se leva, et la patronne lui indiqua aussitôt les toilettes. Sans répondre, elle se dirigea vers la sortie puis se planta sur le seuil du magasin et leva les yeux vers la petite tour qui couronnait la façade du Lot 12. Elle resta un moment ainsi, plongée dans ses pensées.

– Alors ces jeunes gens savent manier un fusil, fit Silvia.

Augusto se raidit.

– Vous n'allez pas un peu vite, mademoiselle ? Otello et Edo, ce sont des nuls, mais pas des assassins.

– Parlez-moi d'Edo, dit Silvia.

– Que voulez-vous que je vous dise ? Un gars qui ne fiche rien du matin au soir, j'avoue qu'il me plaît pas trop. Mais de là à en faire un meurtrier… Et puis vous oubliez qu'il était à côté de sa copine, sur sa moto, quand elle s'est fait tuer.

– Mais Otello, il n'était pas là, lui.

– N'importe quoi ! fit Augusto en regrettant d'en avoir

trop dit à cette flic qui n'y allait pas par quatre chemins dans ses déductions.

Finalement, il préférait l'artiste. Otello, l'assassin ? Il fallait être sacrément tordu pour s'imaginer qu'un gamin, certes paumé, mais pas méchant pour un sou, puisse tirer de sang-froid sur la copine de son meilleur ami ! Et pourquoi ça ? Parce qu'elle voulait rompre ? Augusto était au courant : le bruit courait dans le quartier que la princesse voulait retourner au château. Augusto savait aussi que Vanessa n'aimait pas Otello, qui avait couvert son copain quand il l'avait trompée avec la victime. Était-elle allée raconter son histoire de roman-photo à la police, la petite Vanessa ?

– Il faut que j'y aille maintenant, dit Augusto en se levant. Merci pour les beignets de Saint-Joseph.

Silvia régla les consommations à la caisse, puis elle retrouva Mariella sur la place, qui prenait congé du vieux.

– Promis, je viendrai visiter votre atelier !

– Maintenant que ton métallo est parti, dit Silvia, tu viens avec moi ? J'avais prévu de faire un tour chez Edoardo Troiani, je vais t'expliquer pourquoi.

Mariella se dirigea vers sa voiture sans répondre.

– Tu ne veux pas savoir pourquoi je veux le voir ? demanda Silvia.

– Tu viens de me dire que tu allais me l'expliquer, répondit Mariella.

– Je te trouve un peu trop docile, ça ne te ressemble pas. Je peux savoir à quoi tu penses, au juste ? Et aussi pourquoi t'es partie en me laissant seule avec le vieux ? Et en me laissant également régler l'addition, neuf euros cinquante, soit dit en passant.

Elles étaient arrivées devant la Fiat 500 bleu ciel, mais Mariella ne sortait pas ses clés.

– Nous allons rester plantées ici longtemps ? demanda Silvia. Je peux savoir ce que tu mijotes, Mariella ? Déjà avant, ce n'était pas tous les jours facile de bosser avec toi, mais depuis quelque temps, c'est *toujours* difficile.

Mariella se retourna vers l'immeuble du théâtre Palladium.

– Il y a un truc qui me tracasse, dit-elle.

LES RESTES DE SA VIE D'AVANT

Gabriele quitta son domicile de bonne heure. Le vendredi, il avait cours à huit heures, mais ce matin il n'irait pas à la fac. En embrassant sa mère, il se montra plus affectueux que d'habitude. Elle se dit qu'il voulait se faire pardonner sa colère. Il est vrai que cela ne lui ressemblait pas, et elle en était encore toute retournée : il s'était emporté à cause de l'inspecteur De Luca qui, deux jours plus tôt, avait débarqué chez eux sans prévenir. « Le jour de mon anniversaire ! » ne cessait-il de répéter.

Il traversa la place, entra chez Damiani et acheta un mont-blanc. La patronne lui prépara le paquet sans entamer la conversation. Les Pollastrini n'avaient jamais été de bons clients, autrefois la mère achetait des gâteaux de temps en temps, mais ce n'était plus du tout le cas depuis des années. Ces derniers temps, le fils venait au magasin uniquement en compagnie de madame Baldelli. Lucetta n'aimait que les gâteaux à la crème, mais son protégé raffolait de tartes aux fraises, et quand ce n'était pas la saison, elle lui achetait des *crostate*. La patronne se demanda pour qui était le mont-blanc, mais elle n'osa pas lui poser la question.

Sa petite boîte à la main, Gabriele remonta la Via Cravero. Il ne pensait pas à Lucetta mais à madame Pecorelli, qui l'attendait chez elle. Il avait appris par les journaux que Monica avait été enterrée dans un petit cimetière sur les rives du lac de Côme ; bientôt, il irait la voir, quand tout le monde l'aurait oubliée, sauf lui. Il se mit à chantonner dans sa tête *Time is running out* : « *You will be the death of me*[13]. » Il accéléra le rythme de son pas dans la montée.

Augusto quittait le Lot 10 quand il vit Gabriele qui ouvrait le coffre de sa moto pour y ranger la boîte de chez Damiani.

– On a cours ce matin ? lui demanda-t-il.

Gabriele appréciait le vieil homme. Son atelier de restaurateur de métaux était une vraie caverne d'Ali Baba dans laquelle il ne faisait jamais entrer personne, mais où lui était toujours volontiers accueilli. Gabriele répondit qu'il avait cours toute la journée.

– Et ça, c'est pour ta prof ? demanda Augusto d'un air malicieux, en faisant allusion à la boîte qu'il venait de ranger.

– C'est pour une copine, répondit Gabriele en enlevant l'antivol.

Il chevaucha sa moto et tourna la clé pour démarrer le moteur.

– Tu dois pas en manquer, de copines... continua Augusto.

Gabriele sourit en lui faisant un petit signe de la main. Il s'apprêtait à partir quand il entendit :

– En tout cas, j'en connais une qui aimerait bien faire un petit tour sur ta bécane, vu comme elle la reluquait l'autre jour !

Gabriele se retourna.

– Qui ça ?

– Cette flic qui se balade dans le quartier avec un crayon à la main. Celle qui était avec ta mère quand elle a découvert Lucetta morte dans son lit.

13. Muse, *Time is running out* (*Absolution*, 2003).

Le jeune homme coupa le moteur.

– Vous voulez parler de l'inspecteur De Luca ? Elle vous a posé des questions à vous aussi ?

– Plein de questions ! Elle voulait savoir par exemple à qui était ta Honda.

Gabriele ne réagit pas. Il regarda sa montre, il avait rendez-vous chez madame Pecorelli et n'avait pas le temps de s'attarder avec le vieux. Il redémarra en lui faisant un clin d'œil.

– On en reparle, Augusto. Je viendrai vous voir dans votre atelier.

– Quand tu veux, petit. Je suis toujours là.

La voix d'Augusto l'accompagna dans sa course matinale à travers la ville. Quand il aperçut la masse blanche de la Pyramide au bout de la Via Ostiense, il accéléra, puis parcourut en flèche la Via Marmorata et tourna sur le pont Sublicio.

Du côté de l'hôpital San Camillo, la circulation était déjà dense à Monteverde, mais dès qu'il emprunta la petite rue où habitait Monica, le quartier sembla replonger dans la léthargie. C'était une rue privée à laquelle ne pouvaient accéder que les riverains, et les maisons étant toutes pourvues de garage et de jardin, il y avait peu de véhicules, ce qui à Rome tenait du miracle. Cette fois il gara sa moto à l'intérieur, madame Pecorelli l'y ayant invité. Alors qu'il montait les marches du perron, ses tempes battaient aussi fort que sa paupière. Oksana vint lui ouvrir comme la première fois, son expression n'avait pas changé. Elle jeta un œil méfiant à la petite boîte qu'il avait à la main, puis l'introduisit sans un mot dans le salon où l'attendait la maîtresse de maison.

Madame Pecorelli n'avait plus l'air maladif de celle qui ne quitte pas sa chambre. Elle portait un tailleur qui valorisait sa taille et des ballerines. Gabriele n'avait jamais vu d'aussi belles jambes ; son trouble n'échappa pas à la mère de Monica. Ancienne danseuse, elle y était habituée, mais elle était parvenue à un âge où l'orgueil qui lui faisait autrefois ignorer ce genre d'hommage s'était considérablement affaibli.

– Je vous ai apporté un mont-blanc, dit Gabriele.

Elle sourit pour la toute première fois.

– Comment connaissez-vous mon faible pour les monts-blancs ? demanda-t-elle.

– C'est Monica qui m'en a parlé.

Elle appela sa bonne en utilisant son portable.

– Apportez-nous du thé, Oksana.

Et tandis qu'elle disposait tasses, assiettes et petites cuillères sur la table basse, Gabriele s'approcha du portrait de Monica. Le tableau était accroché entre deux fenêtres, emplacement qui en valorisait les volumes et la lumière. Il le contempla avec un sentiment d'urgence, en essayant d'enregistrer le maximum de détails ; il pourrait y repenser quand il serait seul chez lui. Ce serait son deuxième tableau, le deuxième de sa collection. Il le voyait déjà accroché dans sa chambre, à côté de la *Dormeuse bleue*. Il n'avait pas été prudent peut-être de remonter de la cave le tableau de Domenico Zann, mais il n'avait pas eu le cœur de l'enfermer de nouveau dans la valise. Il avait réveillé sa dormeuse d'un sommeil de plus de six décennies, il n'allait pas la laisser encore au sous-sol ! Il en avait discuté avec Monica, elle était parfaitement du même avis. Elle lui avait suggéré de l'accrocher sur le mur en face de son lit. La dormeuse n'y serait pas seule, ils pourraient la contempler ensemble la nuit, quand tout le monde dormait et qu'eux vivaient leur vie à l'abri des regards. Par ailleurs, sa mère n'entrait jamais dans sa chambre, et même si elle le faisait un jour, une explication quelconque suffirait pour justifier la présence de ce tableau chez lui. N'était-il pas étudiant en histoire de l'art ? Il lui dirait qu'il l'avait acheté aux puces pour trois fois rien.

Monica avait toujours été dans la lumière, Graziella avait longtemps connu l'ombre. Même si la *Dormeuse* était le portrait de Vera, la grand-mère de Graziella, pour Gabriele ce portrait était devenu celui de Graziella elle-même, comme si le temps avait effacé la différence des générations. Gabriele savait qu'il n'y avait plus que son regard pour faire exister la beauté et l'innocence qui avaient été enfermées au sous-sol pendant de si longues années. La métaphore sur les fleurs jaunes de Van Gogh qu'il avait apprise en cours lui revint : « La fleur n'a pas d'yeux pour voir l'exactitude de sa parodie[14]. » Lui, ses yeux lui permettraient de penser la fleur et son image, son imitation, et sa parodie.

Madame Pecorelli lui posa une main sur l'épaule, il sursauta. Il se retourna, elle vit la tristesse dans ses yeux et en fut touchée. Dans son deuil, elle se sentait proche de ce garçon comme jamais elle ne s'était sentie proche du père de sa fille, qui l'avait laissée seule encore une fois. Il avait décidé de rester à Milan, après les obsèques de Monica à Torno, le petit village sur le lac de Côme où elle avait passé tous les étés de son enfance. Leur couple était déjà mort bien avant la disparition de leur fille.

Oksana entra à cet instant et trouva madame Pecorelli et Gabriele, l'un à côté de l'autre, face au portrait de Monica. Ses mains se mirent à trembler ; la théière glissa légèrement sur le plateau, qu'elle posa sur la table basse.

– Merci Oksana, ce sera tout, lui dit madame Pecorelli.

Puis elle partagea le mont-blanc en deux parts égales et versa le thé. Quelque chose commençait à se dégeler en elle. Elle pouvait enfin parler de sa fille.

– Elle était belle, ma petite Monica, dit-elle. Ce tableau nous la rappelle dans son état de grâce.

Elle se tut un instant, puis elle demanda avec émotion :

14. Antonia S. Byatt, *Still life*, 1985.

– Qui a pu la tuer ?

– Quelqu'un qui ne la connaissait pas, répondit Gabriele. Car on ne pouvait connaître Monica et vouloir la tuer.

– Quelqu'un l'a pourtant tuée ! dit-elle.

– C'était peut-être une erreur.

– Une erreur ?

Gabriele posa son index sur sa paupière : cette jouissance de dire la vérité et d'échapper à ses conséquences ! Avouer et rester innocent.

– Oui, une erreur, répéta-t-il. Monica se trouvait peut-être au mauvais endroit au mauvais moment.

– Comment serait-ce possible ?

– Je cherche à comprendre ce qui a pu se passer sur cette place, ce soir maudit. Mais laissons la police faire son travail. Elle trouvera le coupable et nous aurons une explication. Moi, je vous dis que Monica n'avait pas d'ennemis et qu'il n'y a pas de raison à sa mort.

– Moi non plus, je ne trouve pas de raison à sa mort. Ni à sa mort ni à sa vie d'ailleurs, surtout à celle qu'elle menait depuis un certain temps.

Madame Pecorelli se tut. Ses lèvres frémissaient. Elle ajouta :

– Nous ne nous comprenions plus, Monica et moi. *Je* ne la comprenais plus. J'ignorais où elle traînait la journée et encore plus où elle passait ses nuits. Elle sortait, découchait, elle ne me prévenait jamais. Parfois, elle se confiait à Oksana. Ma domestique en sait plus sur ma fille que moi-même.

– Je vous dirai tout ce que vous voulez savoir sur Monica, madame, fit Gabriele.

– Vous pouvez m'appeler Beatrice.

Il exultait.

– Posez-moi vos questions, Beatrice, dit-il en la dévorant du regard. Je connaissais votre fille, je l'aimais. Je l'aime toujours d'ailleurs, pour moi Monica n'est pas morte. Même si vous l'avez enterrée dimanche dernier...

Elle le regarda, les yeux embués de larmes, il ne baissa pas les siens.

– Mais... dit-elle, ce garçon qui était avec elle... quand...

– C'étaient les restes de sa vie d'avant.

Il sourit, puis ajouta :

– « *The broken pieces of the life I had before*[15] », comme elle le chantait parfois pour moi. Ce type n'était rien pour Monica, elle l'avait déjà quitté. Mais elle ne voulait pas le faire souffrir. C'était bien sa nature de se préoccuper de ce que les gens ressentent !

Il resta un moment silencieux, puis il continua :

– Je l'ai attendue. Je l'ai tellement attendue que je ne veux plus la perdre.

Beatrice le regarda, légèrement effrayée : ce jeune homme délirait !

– L'amour est plus fort que la mort, dit-il. Il continue à vivre même dans la tombe. Il n'est pas enfermé dans un corps, même de misérables ossements peuvent l'éprouver encore. Pensez à Roméo et Juliette, Beatrice ! Rappelez-vous Paolo et Francesca ! Ne sont-ils pas toujours vivants puisque leur amour a défié les siècles ?

Beatrice se dit qu'il semblait vraiment perdre la raison, mais peu lui importait : ses mots libéraient une chaleur qui l'enveloppait, et elle avait envie de les entendre.

– Vous le croyez, vous aussi, n'est-ce pas Beatrice ? demanda-t-il en la sentant absente. Si nous le croyons, Monica vivra. Chaque fois que nous regarderons son portrait, elle vivra dans nos yeux. Chaque fois que nous parlerons d'elle, elle vivra dans notre voix. Si nous l'aimons, Monica vivra !

15. Muse, *Unintended* (*Showbiz*, 1999).

Les mains de Beatrice tremblaient, elle les réunit comme dans une prière. Mais elle ne priait pas, une douce faiblesse gagnait peu à peu son corps. Gabriele lui avait lancé une bouée de sauvetage, elle s'y était accrochée. Entre raison et déraison, il partageait avec elle ce manque qui l'empêchait de respirer. Car sa fille était bel et bien morte et son portrait, là-bas, n'en était qu'une image.

– Quand je pense à Monica, continua Gabriele, je la sens vivante à mes côtés. Je lui parle, elle m'écoute. Elle est en moi, Beatrice : *je suis* Monica.

À entendre le jeune homme parler ainsi, madame Pecorelli oscillait entre empathie et effroi.

– Où l'avez-vous rencontrée la première fois ? demanda-t-elle.

– Au cours d'art moderne, répondit-il, songeur. La première fois, je n'ai vu que sa chevelure de feu.

– Oui, elle avait des cheveux magnifiques.

– Elle était tellement concentrée sur ses notes qu'elle ne levait pas les yeux. Je suivais sa main sur la feuille. C'était la fille dont j'avais toujours rêvé, celle que j'avais déjà en moi. Quand elle s'est présentée, j'avais le sentiment de connaître son nom depuis toujours. Quand elle m'a souri, j'ai retrouvé en moi son sourire. J'en suis tombé amoureux au premier regard. Avec Monica, ça a vraiment été le coup de foudre.

Beatrice remplit de nouveau sa tasse, Gabriele n'avait pas bu la sienne. Elle redoutait le moment où il partirait. Après des jours et des nuits à la dérive pendant lesquels personne n'était venu à son aide, elle avait rencontré celui qui la sauvait de l'assaut des vagues.

– Je vous ai apporté ça, dit Gabriele en sortant de son sac un paquet de feuilles imprimées. Ce sont les notes de Monica, elle me les avait passées : nous avions prévu de réviser ensemble l'examen d'iconographie classique. J'en ai fait une copie pour vous, j'ai pensé que ça vous ferait plaisir de les lire.

Leurs doigts s'effleurèrent, Beatrice fut envahie par une émotion qu'elle crut être de la gratitude. En lisant, ses yeux se remplirent de larmes.

« Les historiens de l'art de la Renaissance (Ghiberti, Alberti, Vasari) pensaient que l'art classique était mort au début de l'ère chrétienne. Toutefois, pendant les siècles du Moyen Âge, il n'y avait pas eu de vraie rupture. Le Moyen Âge n'était pas aveugle face aux valeurs de l'art classique ; ce qui change avec la Renaissance, c'est la manière de voir l'Antiquité, c'est la posture envers l'Antique. »

« Nos enfants nous sont inconnus », pensa Beatrice. Elle avait vu sa fille en pleine révolte, méprisant toutes les valeurs transmises par sa famille, passant médiocrement son bac, abordant sans conviction l'université. Elle découvrait aujourd'hui une autre Monica. Celle que Gabriele connaissait. Celle que Gabriele aimait. Quelle chance sa fille avait eu de susciter un pareil amour !

– Pourquoi ne m'a-t-elle jamais parlé de vous ? demanda-t-elle. Pourquoi ne vous a-t-elle jamais invité à la maison ?

– De qui vous a-t-elle parlé ? Qui vous a-t-elle présenté ?

Il avait raison : elle ne connaissait pas les copains de sa fille. Elle ne savait rien de sa vie.

– Je n'arrêtais pas de répéter à Monica qu'elle avait perdu ma confiance, mais c'était moi qui avais perdu la sienne !

Elle se tut un instant, puis ajouta :

– Monica me détestait.

– C'est faux ! s'insurgea Gabriele.

Il se pencha au-dessus de la table basse, fixa ses yeux et lui prit la main. Elle ne la retira pas.

– Monica ne me parlait que de vous ! susurra-t-il.

– Et que vous disait-elle ?

– Elle me disait qu'elle ne serait jamais aussi belle que vous. Que votre beauté la rendait jalouse et que vous ne méritiez pas ça car vous aviez tout sacrifié pour elle.

Beatrice ferma les yeux, sa main ne lui appartenait plus.

– Elle n'y était pour rien, dit-elle en retirant enfin sa main. Je n'ai fait aucun sacrifice pour Monica. Je n'ai pas abandonné la danse parce que je suis devenue mère, ça a même plutôt été l'inverse.

Gabriele la regarda : il avait fait mouche ! Beatrice était une femme seule, elle était prête à se livrer.

– Que vous est-il arrivé, Beatrice ? demanda-t-il.

Il était difficile de dire la vérité, elle lui donna l'explication qu'on avait fournie à l'époque à tout le monde.

– J'étais autrefois coryphée dans le ballet de l'Opéra de Rome. La danse était toute ma vie. Après le mariage, mon époux a souhaité que j'abandonne mon métier, il trouvait cela incompatible avec la vie de famille. Pour moi, ce ne fut pas un choix difficile, j'avais déjà pris la mesure de mes limites. Mais les regrets m'ont vite écrasée. Alors j'ai réécrit l'histoire et j'ai fait croire à Monica que je l'avais fait pour elle. Ça me consolait de la vie qui était devenue la mienne. À l'époque, Monica m'adorait, elle m'a crue. Jusqu'au jour où elle a commencé à détester ce qu'elle avait adoré.

– C'est le sort réservé aux dieux, dit Gabriele.

La transparence de son regard engloutissait madame Pecorelli : elle quittait sa nuit pour entrer dans celle de Gabriele. Elle n'en sortirait pas.

BILAN ET PERSPECTIVES

Le commissaire D'Innocenzo observait ses troupes. La troisième semaine d'enquête débutait sous un ciel printanier et il se sentait en état de livrer bataille. Mais l'ennemi se dérobait. Les flics discutaient entre eux à voix plus ou moins basse en attendant le début de la réunion. De Luca n'était pas encore revenue des toilettes, c'est elle qu'ils attendaient tous pour commencer.

D'Innocenzo s'impatientait. Elle était venue déjeuner chez lui la veille, en compagnie de l'inspecteur Di Santo, elle avait apporté des choux à la crème de chez Damiani. Di Santo n'avait pas tort : cette histoire de choux tournait à l'obsession. Ida avait quitté le lit pour s'asseoir à table avec eux, elle avait même préparé le repas, aidée par Nicoletta bien sûr, la femme de ménage qui venait chez eux depuis trente ans. Ida se servait désormais tout le temps de son fauteuil roulant : D'Innocenzo l'aidait à s'y installer le matin, il l'y retrouvait le soir en rentrant du travail. Elle était contente de pouvoir quitter son lit, ce changement lui avait redonné envie d'occuper l'espace de son appartement. Elle s'y déplaçait maintenant aisément, se mettait devant une fenêtre pour regarder le ciel, écoutait la musique dans l'ancienne chambre de leur fils, s'installait dans le bureau pour écrire ou dans le salon pour lire, jouer aux échecs ou regarder la télévision. Elle continuait à faire des listes pour tout : courses, tâches à accomplir, souvenirs, projets. Ni son aphasie ni la paralysie de ses membres inférieurs ne l'empêchaient plus de vivre : elle avait enfin trouvé sa place. Cette heureuse métamorphose était due en partie à l'inspecteur De Luca qui n'avait jamais cessé de l'encourager afin qu'elle s'achète ce fauteuil roulant.

Mariella entra dans la salle de réunion et prit place à côté de Silvia en marmonnant des excuses. Elle avait sa mine des mauvais jours. Le commissaire D'Innocenzo commença à distribuer des feuilles, puis il jeta sur la table une poignée de photos et entra dans le vif du sujet :

– La juge Lo Cascio veut me voir au Palais demain matin à huit heures. J'ai l'intention de me rendre à ce rendez-vous avec un bilan complet de toutes les démarches effectuées par ma brigade depuis l'ouverture de l'enquête sur le meurtre Pecorelli. J'attends donc de vous des résumés clairs et des suggestions intelligentes pour la suite des opérations. Mais avant de vous entendre un par un, j'aimerais refaire un point sur le travail de la balistique. Je ne vous cache pas que nos collègues sont pour l'instant dans une impasse : ils n'ont pas réussi à établir quoi que ce soit de nouveau depuis la semaine dernière. Je vous résume ce que nous savons déjà. *Primo* : il y a une seule et unique balle dans cette affaire, celle qui a tué Monica Pecorelli. D'après le rapport d'autopsie, cette balle a atteint la partie haute postérieure du crâne de la victime, puis a traversé le cerveau, avant d'être arrêtée par le palais osseux. Nous avons tout d'abord cru que le tireur se trouvait sur la place, mais d'après l'angle de la trajectoire de la balle, la balistique a finalement conclu que le tireur devait être posté à la fenêtre d'un immeuble donnant sur la place, et plus précisément à l'un des trois derniers étages des Lots 12 ou 13. Ce qui concerne trois appartements pour le

Lot 12 et neuf pour le Lot 13, que nous avons déjà fouillés et dont nous avons interrogé les habitants, sauf évidemment madame Baldelli, notre témoin décédé. La scientifique a aussi examiné tous les rebords des fenêtres. Sans succès.

Des photos de la Piazza Bartolomeo Romano passèrent de main en main : elles montraient le Lot 12, celui où habitaient Lucetta, Albina et Gabriele, et le Lot 13 ; le premier était connu comme le Lot « du Palladium » à cause du théâtre du même nom ; on appelait le deuxième le Lot « des Bains » car c'est là qu'étaient installés les grands bains publics qui, à partir de 1929 et jusqu'aux années 60, furent un lieu de rencontre très fréquenté par les habitants du quartier. De petits cercles rouges indiquaient les points de départ potentiels de la balle tandis que des lignes comme des rayons montraient les trajectoires.

– *Secundo*, continua le commissaire, le tireur a pu voir qu'il avait atteint sa cible puisqu'il n'a pas eu besoin de gâcher d'autres cartouches. *Tertio* : le tireur se trouvant assez loin de sa cible, il a dû utiliser une lunette sur sa carabine, qui comme vous le savez est une Mauser K98, arme de fabrication allemande très utilisée pendant la Seconde Guerre mondiale. *Quarto* : personne n'ayant rien entendu, la carabine était de toute évidence munie d'un silencieux.

D'Innocenzo s'interrompit pour se remplir un verre d'Acqua di Nepi, son eau préférée. Il avala une gorgée, puis il se tourna vers un tableau et dessina autour d'un cercle cinq rectangles qui étaient censés représenter les cinq immeubles qui donnaient sur la Piazza Bartolomeo Romano. Mariella leva un œil dubitatif, le commissaire se tourna vers elle, cueillit son regard et dit :

– Je sais, dottoressa De Luca, vous feriez beaucoup mieux que moi. Mais attendez de prendre ma place.

Tout le monde gloussa, sauf elle. Décidément, elle manquait d'humour en ce moment, pensa le commissaire.

Il barra trois des rectangles et traça de petits carrés en haut des deux autres.

– Je vous rappelle maintenant notre reconstitution des faits, poursuivit-il. Lucetta Baldelli est sortie de chez Damiani au moment même où Monica Pecorelli s'apprêtait à y entrer. D'après son témoignage, recueilli par l'inspecteur De Luca avant qu'elle ne décède dans la nuit, madame Baldelli était en train de ramasser une pièce de vingt centimes qu'elle avait fait tomber quand elle a été bousculée par la jeune étudiante et a entendu le bruit sourd de sa chute. Atteinte sur le haut du crâne par une balle d'un calibre de 8 mm, Monica Pecorelli est tombée sur le côté. La chute a positionné son corps de dos contre le trottoir et la masse de ses cheveux a dissimulé, dans un premier temps, l'orifice d'entrée de la balle. Madame Baldelli en a involontairement retardé la découverte en envoyant monsieur Edoardo Troiani, petit ami de la victime, chercher son médecin, le Dr Finizio, dont le cabinet se trouve au rez-de-chaussée du bâtiment H du Lot 10, juste à côté de la pâtisserie. Lorsque le médecin est arrivé sur les lieux, il a constaté la mort par balle et a aussitôt averti les carabiniers du poste de la Garbatella, qui se trouve à cinquante mètres du lieu du crime. Les carabiniers se sont immédiatement rendus sur place et ont prévenu notre brigade à dix-neuf heures sept. Nous sommes arrivés sur le lieu du crime à dix-neuf heures dix-sept, le périmètre a été sécurisé et les investigations ont commencé.

Il but une autre gorgée de son Acqua di Nepi et continua :

– Revenons maintenant aux pistes dégagées jusqu'ici. Nous en avons deux, je vous les résume rapidement avant de passer aux comptes-rendus des équipes. Il y a d'abord la piste qu'affectionne la presse, celle qui a aussi les faveurs de la juge Lo Cascio : le meurtre sans mobile. C'est la piste préférée des journalistes car elle a permis de faire des papiers bourrés d'envolées philosophiques sur la crise de la société et de copiés-collés avec l'affaire Marta Russo. Vous vous souvenez tous de cette enquête, certains d'entre vous travaillaient déjà à la brigade en 1997, quand cette jeune étudiante a été tuée par balle à La Sapienza ; pour les autres, j'espère que vous avez consulté les archives comme je vous l'ai déjà suggéré. Vous connaissez aussi mon point de vue sur le sujet : je ne crois pas que nous soyons en face d'un émule du maître-assistant qui, d'après la justice, a tiré sur Marta Russo depuis une fenêtre de l'Institut de philosophie du droit pour prouver on ne sait quelle perfection du crime sans mobile. Dans notre affaire, le cadre est celui d'un quartier populaire où tout le monde se connaît, à tel point qu'il me semble encore aujourd'hui incroyable que le meurtrier ait pu se mettre à une fenêtre et pointer sa carabine sans que personne ne s'en aperçoive.

– Peut-être que tout le monde ne nous a pas tout dit, fit Salesi. Ça ne serait pas la première fois.

– Voilà pourquoi les auditions des témoins ont besoin d'être relues et vérifiées une par une, dit le commissaire. La deuxième piste est celle du crime passionnel : la victime était une jolie fille de bonne famille, en rupture avec les siens, à la recherche de nouvelles émotions. Elle était devenue la petite amie d'un garçon aussi loin de son milieu que la Garbatella l'est des beaux quartiers. Nous avons éliminé tout mobile qui mettrait en cause les membres de la famille de la victime ou qui ferait référence à des dates en rapport avec celle du meurtre. Ni l'affaire Moro ni l'affaire Pecorelli n'ont le moindre rapport avec *Bloody Monday* et ne peuvent donc nous éclairer sur le profil du meurtrier. Passons maintenant aux comptes-rendus des équipes : Lamorte et Salesi se sont occupés de l'enquête de voisinage à la Garbatella et à Roma Tre, l'université qui se trouve au sud du quartier ; Genovese et Casentini ont fait la même chose à Monteverde, où habitait la victime ; Genovese a aussi vérifié la piste politique. De Luca a supervisé l'ensemble des investigations avec l'aide de Di Santo. On commence avec les résultats de l'enquête de voisinage à la Garbatella.

Lamorte passa des notes à Salesi, qui les attrapa sans les regarder.

– Rien de bien intéressant, patron, dit-il, vous avez bien résumé la situation. Un jour de décembre, l'année dernière, une princesse des beaux quartiers, qui suit des cours à Roma Tre, croise un beau gosse de la Garbatella, qui traîne en moto dans les parages de l'université. Le motard propose à la demoiselle un tour au Lido d'Ostie ; la mer en hiver, c'est romantique. Les deux jeunes gens se rapprochent sur la plage, il est fougueux, elle lui offre son string. Ils s'entichent l'un de l'autre, et l'histoire commence.

– La victime habitait à Monteverde, ce n'est pas spécialement les beaux quartiers, dit Silvia.

– C'est pas la Garbatella non plus, répliqua l'inspecteur Genovese. Sans compter qu'à Monteverde, les Pecorelli habitent une maison avec jardin, garage privé, personnel de maison et tout le tralala qui va avec.

– Ils possèdent aussi une villa sur le lac de Côme, ajouta son coéquipier Casentini, et une maison de famille à L'Aquila.

Tout le monde se tourna vers Mariella, ce qui arrivait chaque fois qu'on faisait allusion aux Abruzzes. Elle fit comme si elle n'avait rien entendu. Salesi continua :

– La princesse, ça l'excite d'aller s'encanailler : les rencontres ont lieu à la Garbatella, dans l'appartement de son amoureux, Lot 4, Piazza Benedetto Brin ; c'est l'immeuble avec la plaque qui rappelle la date de fondation du quartier. La mère du motard est sympa, elle n'a rien contre, elle préfère que son fils s'amuse à la maison plutôt qu'on ne sait où. C'est pas comme chez la princesse, où les mœurs sont plutôt strictes. En plus, chez son type, il n'y a jamais personne : Edoardo Troiani, dit Edo, est fils unique, sa mère fait des ménages, et son père est à l'hosto, cancer en phase terminale. Casiers vierges pour les deux jeunes oiseaux, pas de came, pas d'embrouilles. Juste une histoire de cul.

– Donc la victime ne fréquentait personne dans le quartier, à l'exception de son petit ami, conclut le commissaire.

– Elle n'allait pas à la Garbatella pour élargir le cercle de ses relations, répondit Salesi. Elle y allait pour forniquer !

À ce mot désuet, tout le monde éclata de rire. Même le commissaire ne put se retenir.

Lamorte voulait dire quelque chose, mais il hésitait à intervenir. Il était le dernier arrivé dans la maison, vouait une dévotion sans bornes au commissaire et se laissait complètement dominer par Salesi.

– Monica Pecorelli achetait un mont-blanc chaque fois qu'elle allait à la Garbatella, osa-t-il enfin ajouter. C'est la patronne de chez Damiani qui nous l'a dit.

Salesi le regarda de haut. Personne ne fit de commentaire. Lamorte eut l'impression d'avoir parlé pour ne rien dire et il baissa les yeux sur ses notes. De Luca, qui n'avait pas ouvert la bouche depuis le début de la réunion et qui gribouillait dans son coin, leva la tête et lui demanda :

– Toujours un mont-blanc, chaque fois qu'elle allait à la Garbatella ?

– Elle n'aimait que ça, répondit Lamorte, gratifié par la question.

– Et elle s'achetait un mont-blanc tous les combien ? continua à l'interroger Mariella.

Les collègues commencèrent à échanger des regards : ils savaient tous, pour les choux à la crème.

– Au moins deux fois par semaine, répondit Lamorte.

– Vous m'avez dit qu'elle séchait souvent les cours… fit le commissaire.

– Elle fréquentait de manière très irrégulière un cours de deuxième année, répondit Salesi. Le prof s'en souvient, même s'il ne se rappelait pas son nom. Il n'est pas le seul d'ailleurs : quand on a montré sa photo à l'université, personne ne savait qu'elle s'appelait Pecorelli, mais tout le monde l'a reconnue. À commencer par le mec du bar, cette espèce de café terrasse au milieu d'un jardin avec parasols et chaises longues…

– C'est tout pour l'université ? l'interrompit D'Innocenzo.

– Nous avons aussi interrogé sa meilleure copine, ajouta Salesi, une certaine Letizia Fiorentino dont De Luca nous avait communiqué le numéro de portable. Elle ne nous a rien dit que nous ne savions déjà : « Monica avait un petit copain à la Garbatella, il s'appelle Edo, il a une Honda, elle séchait ses cours pour aller chez lui… »

– La piste politique, maintenant, fit le commissaire en s'adressant à Genovese.

– C'est une fausse piste, comme vous l'avez dit tout à l'heure. Giannazzelli, de *La Repubblica*, voit des complots partout, c'est son fonds de commerce. J'ai tout vérifié, les dates, les noms, les liens, absolument tout : aucun rapport entre la victime et Mino Pecorelli, le journaliste assassiné en 1979. Vous vous rappelez : le procès Andreotti, l'affaire Moro… Ni Monica ni sa famille n'ont jamais été impliquées dans des affaires politiques. Bourgeoisie intellectuelle du côté du père, des scientifiques depuis des générations, originaires des Abruzzes ; bourgeoisie d'artistes du côté de la mère qui, jeune fille, s'appelait Anguissola, une famille connue sur le lac de Côme. Il y a même eu chez eux une chanteuse d'opéra, Lola Viola, une mezzo qui a connu son heure de gloire dans les années 30.

– Il semblerait que les parents n'étaient pas au courant des fréquentations de Monica, fit D'Innocenzo.

– Le père vit à Milan la plupart du temps, répondit Genovese, il mène sa vie de scientifique et on considère chez lui qu'il n'a pas à se pencher sur les basses besognes quotidiennes. Apparemment, sa fille en était une. Le professeur Pecorelli est un chercheur de renommée internationale ; à la maison, on le vénère. Surtout sa domestique ukrainienne…

– Et la mère ? demanda le commissaire.

– Elle n'a pas voulu nous recevoir les deux fois où nous sommes allés voir le professeur Pecorelli, répondit Genovese. Elle était alitée, nous n'avons pas osé insister.

– Maintenant, il serait vraiment temps qu'on puisse l'entendre ! De Luca, vous vous en occupez ?

Mariella acquiesça.

– Qui d'autre vit dans cette maison ? demanda le commissaire.

Casentini égrena une liste :

– En plus des Pecorelli, il y a donc la bonne ukrainienne qui dirige la maison, le jardinier albanais qui s'occupe aussi des menus travaux de bricolage, la femme de ménage philippine qui vient tous les matins et une cuisinière russe qui arrive quand la femme de ménage s'en va.

– C'est quoi cette maison, l'ONU des domestiques ? fit Salesi.

– C'est une maison de riches, répondit Genovese. Des vrais.

– Maintenant, c'est à vous, De Luca, fit le commissaire.

Mariella referma son carnet et se contenta de dire :

– Ce que je ne m'explique toujours pas, c'est l'arme du crime. Une arme de guerre…

– Une arme également très appréciée par les chasseurs et les tireurs sportifs, De Luca, dit le commissaire.

– Ceux de la Garbatella, je les ai tous vus, dit Salesi. Pas l'ombre d'une K98. J'ai aussi commencé à faire le tour des stands de tir dans toute la ville et à explorer les sites de vente sur internet : rien pour le moment.

– Dans le temps, avant qu'il ne tombe malade d'un cancer, intervint à cet instant Silvia, le père d'Edoardo Troiani, le petit ami de la victime, allait souvent à la chasse avec un copain. Les deux hommes emmenaient leurs gamins avec eux.

– Comment s'appelle le fils du deuxième chasseur ? fit D'Innocenzo.

– Otello Villani, répondit Silvia. C'est le meilleur ami d'Edoardo Troiani.

– Vous les avez entendus tous les deux ? demanda le commissaire.

– Troiani a été interrogé deux fois et j'ai aussi entendu son ex-petite amie, comme vous le savez, répondit Silvia.

– Et cet Otello ? insista le commissaire.

– Je l'ai vu jeudi dernier, répondit Silvia. Il a un alibi en béton. Il était sur un terrain de foot à l'heure du meurtre.

Mariella laissait parler sa coéquipière sans intervenir. D'Innocenzo l'interpella du regard.

– En l'état actuel de l'enquête, je ne vois aucune piste sérieuse, dit-elle. Je ne vois que des détails qui m'interpellent et des questions qui restent sans réponses.

– Avec ça, nous sommes fixés ! s'exclama Salesi.

– Quel genre de détails ? demanda Genovese qui prêtait toujours attention à ce que disait Mariella.

– Je pense par exemple à madame Baldelli…

– La vieille ? l'interrompit Salesi.

– Elle est morte avant que nous ne puissions l'interroger, continua Mariella. Et elle est morte sans avoir mangé ses deux choux à la crème comme elle le faisait chaque soir.

Tout le monde la regarda. Silvia explosa :

– Encore ?

– Di Santo ! s'énerva D'Innocenzo. Laissez l'inspecteur aller au bout de son raisonnement !

Lui aussi commençait à en avoir marre de cette histoire de choux, mais il se demandait quand même si cette obsession de De Luca n'avait pas quelque fondement. Ce ne serait pas la première fois.

– Madame Baldelli avait ses habitudes, continua calmement Mariella, et parmi ces habitudes il y avait la composition de son dîner : c'était toujours le même depuis des années, nous avons vérifié auprès de plusieurs témoins. Tous les soirs, Lucetta Baldelli s'achetait deux choux à la crème chez Damiani, c'était son dîner avec une tasse de lait chaud. Tous les soirs, sauf le soir du meurtre ! Ce soir-là, Lucetta Baldelli est rentrée chez elle en état de choc et elle s'est couchée aussitôt sans dîner.

– Ce qu'elle a vu a dû lui couper l'appétit, dit Salesi.

– D'accord, répondit Mariella en se tournant de son côté, mais alors pourquoi n'avons-nous retrouvé chez elle aucune trace des choux qu'elle avait achetés ?

Silvia piaffait.

– Elle y tient vraiment à ses choux ! lança Salesi en rigolant.

– N'empêche que c'est vrai qu'ils ont disparu, dit tout bas Lamorte.

– Alors quelqu'un a dû les manger à la place de la vieille ! continua Salesi. C'est le mois de mars : les beignets de Saint-Joseph, tout le monde en raffole !

Ils éclatèrent tous de rire sauf le commissaire et Mariella.

– Madame Baldelli est rentrée chez elle en état de choc, reprit patiemment Mariella, mais elle s'est quand même déshabillée et couchée comme d'habitude. Le choc l'aurait donc empêchée de dîner mais il ne l'aurait pas empêchée de plier ses vêtements, ni de les ranger sagement sur sa chaise ?

– Ni de changer de chemise de nuit, ajouta Genovese. Il y avait une autre chemise de nuit pendue dans sa salle de bains…

– Elle sentait peut-être qu'elle allait mourir, fit Casentini. Parfois on pressent ces choses-là.

– Admettons, dit Mariella. Mais j'insiste : où sont passés les deux choux à la crème ? Qu'est devenue la boîte ?

Silvia leva les yeux au ciel.

– De Luca ! s'exclama le commissaire. Vous finissez par nous exaspérer avec vos choux ! Dites-nous le fond de votre pensée ou bien changez de sujet !

– Salesi a raison, dit Mariella en étonnant tout le monde : quelqu'un a mangé les deux choux à la crème à la place de madame Baldelli.

– Alors dis-nous qui et qu'on en finisse ! s'exclama Silvia.

– Qui ? Voilà la question ! dit Mariella.

– Quel rapport établissez-vous entre les choux et le meurtre, De Luca ? demanda le commissaire.

Genovese, qui commençait à comprendre car il connaissait la logique de Mariella, intervint :

– Tu penses que quelqu'un s'est introduit chez madame Baldelli en sachant qu'elle était absente et que ce quelqu'un a tiré sur Monica Pecorelli depuis sa fenêtre. Et tu penses aussi qu'en rentrant chez elle après le meurtre, madame Baldelli a surpris l'assassin dans son appartement.

– Un scénario d'enfer ! dit Salesi en ricanant. La vieille rentre chez elle passablement sonnée, la vue du sang lui a coupé l'appétit, mais elle ne perd pas le nord, et quand elle surprend chez elle l'inconnu à la carabine, elle lui propose de goûter à ses choux, histoire de ne pas gâcher la nourriture. Ensuite, comme il s'agit d'une petite dame très ordonnée, elle lui demande de la débarrasser de la boîte vide et de descendre la poubelle en partant. Une fois seule, la vieille dame se dit que l'heure est enfin arrivée de se rendre *ad patres*, alors elle change de chemise de nuit et se couche en attendant… *le baiser glacé de la Mort*, conclut-il d'une voix de basse.

Tout le monde s'esclaffa, même le commissaire ne put retenir un hoquet. Mariella fut la seule à ne pas se dérider. Elle fixa Salesi et lui dit :

– Tes conneries, mon vieux, vont toujours plus loin que ton raisonnement. Tu viens de donner forme à quelque chose qui flottait dans ma tête. Je crois que nous devrions envisager de faire passer la scientifique chez madame Baldelli. Et cette fois-ci, pas que pour vérifier les rebords des fenêtres.

HERE LIES ONE WHOSE NAME WAS WRIT IN WATER[16]

Une Fiat 500 bleu ciel doubla la Honda de Gabriele. Elle roula jusqu'au bout de la rue, puis tourna Via Zabaglia. Si le jeune homme avait pu se douter que l'inspecteur De Luca le filait depuis la veille, il n'aurait jamais couru le risque de donner rendez-vous à Beatrice. Il gara sa moto et remarqua qu'il y avait encore beaucoup de places libres dans cette rue d'où l'on accédait au cimetière des Anglais. Était-ce le fait que la Via Caio Cestio soit en retrait par rapport à la Via Marmorata, toujours encombrée par la circulation ? À la tombée de la nuit, le lieu, souvent presque désert, devenait vaguement inquiétant, à l'exception des samedis soirs, quand tout le Testaccio grouillait de fêtards qui se déversaient dans ses restaurants et ses boîtes de nuit.

Gabriele alla se poster devant l'entrée du cimetière. Il leva la tête et lut l'inscription dans la pierre, au-dessus de la porte crénelée : « RESURRECTURIS ». Puis il sentit une présence dans son dos, se retourna et sursauta en la voyant arriver : grande, mince et toute de noir vêtue, Beatrice le salua d'un sourire timide. Sa démarche trahissait encore

16. Inscription sur la tombe de Keats : « Ici repose quelqu'un dont le nom était écrit sur l'eau ».

les années de discipline auxquelles la danse avait plié son corps, mais aussi cette assurance naturelle dont on hérite avec le nom. Gabriele se dit qu'elle devait avoir l'âge de sa mère, quarante-cinq ans, mais elle faisait beaucoup plus jeune. Elle portait des ballerines, comme les autres fois, aujourd'hui elles étaient mauves et décorées d'une broche en métal. Ses yeux étaient cachés par des lunettes noires, il n'y avait pourtant pas de soleil en ce mardi de la fin du mois de mars, le ciel était même légèrement couvert. Gabriele avait visité de très nombreuses fois ce cimetière qu'on appelait indifféremment « cimetière des Anglais », « cimetière protestant », « cimetière acatholique », ou simplement « cimetière de Testaccio ». On le nommait aussi, plus rarement, le « cimetière des artistes et des poètes ». C'était un lieu qu'il affectionnait, il s'y sentait chez lui ; à la belle saison, il y venait même pour travailler. C'était proche de Roma Tre, et aussi de la Garbatella.

Gabriele alla à la rencontre de Beatrice et l'emmena dans la partie la plus ancienne du cimetière. C'était celle qu'il préférait, avec la Pyramide et la Porta San Paolo en toile de fond. Il lui montra ce bout de la Via Ostiensis réapparu au moment où l'on avait creusé un fossé pour séparer la partie ancienne du cimetière de cette fameuse Pyramide construite en trois cent trente jours dans la deuxième moitié du Ier siècle avant Jésus-Christ. Beatrice écoutait attentivement ses explications ; elle se détendait et prenait plaisir à respirer les odeurs de pin, cyprès, myrte et laurier.

– Tous ces poètes étrangers qui sont venus mourir à Rome… dit-elle. Où est le tombeau de Keats ? Et celui de Shelley ?

Il l'y conduisit : d'abord le tombeau de Keats, le poète mort à vingt-six ans, « quelqu'un dont le nom était écrit sur l'eau » ; ensuite le tombeau de Shelley, le « *Cor cordium* », mort à trente ans lors d'une tempête en mer. Elle s'y recueillit, lut les inscriptions, en fut émue. À cette heure-ci, en semaine, il n'y avait que de rares visiteurs ; Gabriele aperçut au loin un couple de touristes et quelqu'un d'autre, plus haut, du côté du tombeau du fils de Goethe. C'était justement dans ce coin du cimetière qu'il voulait maintenant emmener Beatrice, pour lui montrer le tombeau d'un artiste américain qui reposait là avec son épouse. C'était l'artiste lui-même qui avait sculpté l'*Angel of Grief* qui protégeait son tombeau. Un ange aux ailes immenses, lourdes, repliées contre la stèle funéraire et cachant sa tête. Des ailes sans emploi qui disaient la perte et l'impossible deuil. Beatrice vit ces ailes comme il avait souhaité qu'elle les vît : énormes, encombrantes, occupant tout l'espace. Elle en fut bouleversée. Gabriele lui prit la main, elle n'opposa aucune résistance. Ils pensèrent tous les deux, et n'eurent pas besoin de se le dire, que c'était la tombe de Monica qu'ils voyaient devant eux. Peu importait que cet ange gardât le souvenir de W. W. Story, un Américain du XIXe siècle, il leur parlait à eux de la douleur qu'ils éprouvaient pour celle qu'ils avaient perdue.

– Pourquoi vous ne m'avez pas dit qu'elle serait enterrée au lac de Côme ? lui demanda-t-il.

Cette question surprit Beatrice, mais rien de ce que disait Gabriele ne lui semblait déplacé, elle le comprenait jusque dans ses propos étranges.

– Je ne vous connaissais pas assez bien, à ce moment-là, dit-elle avec douceur. Beaucoup de choses ont changé depuis...

Gabriele ferma les yeux et la serra dans ses bras ; elle se laissa embrasser. Quand il rouvrit les yeux, il aperçut au loin, du côté de la tombe de Shelley, l'inspecteur De Luca qui les regardait. Il s'écarta violemment de Beatrice et tourna aussitôt le dos à la flic.

– Partons ! dit-il.

Beatrice crut à une émotion trop forte et elle le suivit sans rien demander. En remontant côte à côte les allées silencieuses et parfumées du cimetière, leurs pensées étaient on ne peut plus éloignées. Gabriele n'osait pas se retourner de peur de voir derrière lui l'inspecteur De Luca ; Beatrice n'osait pas lui demander de l'accompagner chez elle.

– J'ai une idée, dit-elle quand ils furent sortis du cimetière.

Gabriele regarda au-delà de l'entrée, aperçut le couple de touristes près de la tombe de Keats. Soudain, il douta de ce qu'il venait de voir. Cette flic l'obsédait ! Depuis qu'elle avait rendu visite à sa mère, il redoutait de la rencontrer partout où il allait.

– Je vous ai un peu brusquée tout à l'heure, dit-il à Beatrice.

Il avait envie de lui enlever ses lunettes et de l'embrasser de nouveau, là, dans la rue déserte. Mais il n'osa pas.

– Gabriele, dit alors Beatrice, je sais à quel point vous aimez le portrait de Monica… Ce tableau m'appartient, et mon mari ne l'a jamais aimé. Il ne connaît rien à l'art, ses compétences artistiques se limitent aux tableaux de famille dont il a hérité.

Elle lui caressa la joue comme à un enfant qui a besoin d'être consolé, et ajouta :

– J'ai l'intention de vous le prêter, Gabriele. Vous le garderez le temps que vous voudrez.

Il ne s'y attendait pas. Elle devançait ses désirs. Dans un élan sincère, il l'étreignit contre lui et l'embrassa passionnément. C'est alors qu'il vit de nouveau surgir au bout de l'allée l'inspecteur De Luca. Il s'arrêta brutalement et dit :

– Venez, je vous raccompagne chez vous.

Beatrice crut qu'il succombait au désir et elle le suivit comme une somnambule.

LE RENDEZ-VOUS DES VAMPIRES

– Sa mère affirme qu'il n'a personne, mais moi, j'ai vu Gabriele Pollastrini avec une femme au cimetière des Anglais ! dit Mariella à Silvia le lendemain de sa filature.

– Au cimetière des… C'est quoi ça ? fit Silvia.

Puis elle ajouta, sans attendre sa réponse :

– Mais qu'est-ce que tu faisais dans un cimetière ?

– Je l'ai suivi, répondit Mariella. C'est depuis notre réunion d'avant-hier… L'après-midi, je suis allée l'attendre à la sortie de ses cours et je l'ai suivi jusque chez lui. Mais il ne s'est rien passé. Puis hier, comme c'était mardi – le jour où il n'a pas cours le matin, sa mère nous l'avait dit, tu te rappelles ? –, j'ai décidé d'aller me poster devant le Lot 12 pour voir s'il sortait.

– Pourquoi tu ne m'en as pas parlé ? Tu as des soupçons sur ce mec ? demanda Silvia, légèrement boudeuse.

– Il a des choses à cacher.

– Tout le monde a des choses à cacher, c'est toi-même qui le dis. Quel rapport avec *Bloody Monday* ?

– C'est ce que j'essaie de découvrir. La mort de Lucetta…

– Ah non ! Ne me ressers pas les choux, je vais vomir !

Mariella sourit. Elle se sentait mieux, ses nausées se limitaient maintenant au réveil, l'appétit revenait. Elle buvait de nouveau ses deux cafés à la suite.

– Le patron a écouté tes délires, continua Silvia, soulagée que Mariella ait retrouvé son humour, moi aussi je t'ai suivie... et ça ne nous a menés nulle part. L'appartement de madame Baldelli n'a rien révélé que nous ne savions déjà. Les collègues de la scientifique n'y ont rien découvert de suspect.

– À part le carreau démonté sous le lit, ce qui laisse penser qu'il y avait une cachette.

– Une cachette qui ne cachait rien, puisqu'on n'y a rien trouvé.

– Ou qui cachait quelque chose que quelqu'un a trouvé avant nous, dit Mariella. Sans même vouloir m'attarder sur la petite poussière noire que le labo est en train d'analyser.

– De la poussière sous un lit, comme c'est étrange, effectivement !

– Pour revenir à Gabriele, dit Mariella, je l'ai donc vu en compagnie d'une femme...

– Dans un cimetière... l'interrompit Silvia. Un rendez-vous pour une messe noire ?

Mariella sourit de nouveau et elle continua :

– J'ai bien dit une femme, pas une fille. La quarantainc, chic, bourgeoise.

– La quarantaine ? s'étonna Silvia. D'abord Lucetta, ensuite... Il ne serait pas un peu gigolo, notre Gabriele ?

– Voilà que tu partages enfin mon point de vue : ce garçon a quelque chose à cacher. Sa mère dit qu'il n'a pas de petite amie, parce qu'il n'a jamais ramené de filles à la maison. Mais s'il ne l'a jamais fait, c'est peut-être tout simplement parce qu'il a un faible pour les femmes mûres...

– Je ne voudrais pas me répéter, l'interrompit de nouveau Silvia, mais même en admettant qu'il soit un peu gigolo, quel rapport avec *Bloody Monday* ? Et puis Monica avait son âge, ne l'oublie pas.

– Je ne l'oublie pas, mais tu ne me laisses pas finir ! Si Gabriele préfère les femmes mûres, c'est parce qu'il doit en tirer parti.

– C'est la définition même du gigolo, dit Silvia.

Elles étaient face à face, chacune dans son coin du bureau. Silvia aimait ces échanges qui lui avaient manqué ces derniers temps. Elle continua :

– Si tu crois que Gabriele Pollastrini est impliqué d'une manière ou d'une autre dans le meurtre de Monica Pecorelli, il faut le convoquer ici et le cuisiner.

– Tu as peut-être raison, dit Mariella d'un ton que Silvia lui connaissait : c'était celui qu'elle prenait quand une idée venait de surgir dans son esprit et qu'elle n'entendait plus ce qu'on lui disait.

– Si j'ai raison, convoquons-le tout de suite ! insista Silvia en attrapant son téléphone.

– Ce n'est pas une bonne idée, l'arrêta Mariella. Il ne demande que ça, il meurt d'envie de savoir où nous en sommes avec l'enquête. Nous n'en tirerons rien. C'est le genre de mec à ne dire que ce qu'il veut qu'on sache : il ne connaissait pas la victime, il ne fréquentait pas son petit ami, il est en deuil car Lucetta était une grand-mère pour lui, etc.

– Il ne connaissait pas la victime, mais elle était comme lui étudiante en deuxième année d'histoire de l'art à Roma Tre.

– Sur ce point, je crois qu'il dit vrai, fit Mariella. J'ai discuté avec Lamorte.

– Pourquoi tu as discuté avec Lamorte ? demanda Silvia. C'est Salesi qui est chargé…

– Je préfère Lamorte, l'interrompit Mariella sans plus s'étendre. Salesi et Lamorte ont interrogé les profs et les étudiants : ceux qui connaissent Gabriele ont confirmé qu'ils ne l'ont jamais vu en compagnie de Monica. Ni en compagnie d'aucune fille, d'ailleurs. Ils le décrivent comme un étudiant assidu, gentil, mais un peu bizarre et qui ne se laisse pas facilement aborder. Les seules fois où il s'est montré un peu plus expansif avec certains d'entre eux, comme par exemple avec Letizia Fiorentino, la copine de Monica, c'était après le meurtre.

– C'est vrai qu'il est bizarre, fit Silvia. Tu te rappelles quand nous étions à l'église, le samedi de l'enterrement de madame Baldelli ? Il a fait un discours sur l'amour éternel « qui est plus fort que la mort », j'ai cru que la douleur le faisait délirer.

– Tu fais bien d'y revenir, ça m'avait laissé une drôle d'impression.

– En même temps, on peut comprendre. Ils étaient vraiment très proches, ces deux-là.

– Oui… Elle en tout cas, elle était folle de lui. Tous les témoignages concordent sur ce point. Elle a sûrement dû lui laisser quelque chose en héritage.

– On le saura quand on ouvrira son testament, dit Silvia. En attendant, Doris Del Savio n'en revenait pas que sa mère en ait établi un. Elle doit commencer à se dire qu'elle ne va pas toucher tout ce à quoi elle s'attend.

– Ce ne serait pas si étonnant, puisqu'elles étaient fâchées. Déjà à cause d'une histoire d'héritage, d'ailleurs. Car Doris n'a rien touché à la mort de son père. Elle a découvert à cette occasion-là que tout était au nom de sa mère, et quand elle a eu besoin d'argent pour s'acheter la maison où elle habite avec son mari, à Cogne, madame Baldelli a refusé de l'aider. Je suis sûre qu'elle a laissé à Gabriele tout ce qu'elle pouvait légalement lui filer.

– Mais qu'est-ce qu'il fait aux femmes, ce mec ?

– C'est un tombeur, fit Mariella. Mais d'un genre un peu spécial.

Elle resta pensive, puis elle ramassa ses affaires et dit :

– On y va ?

Silvia se leva pour la suivre. Elles avaient rendez-vous avec madame Pecorelli.

LA PETITE DANSEUSE

– Ce sera notre secret, dit Beatrice en raccompagnant Gabriele jusqu'à la porte de la remise qui se trouvait au fond du jardin, protégée par deux grands magnolias et aménagée en atelier, avec un lit pour les siestes estivales.

Ils y avaient passé la fin de la matinée, il était temps maintenant de se séparer, il avait cours à la fac, elle avait rendez-vous avec deux inspecteurs de police. Elle ressentit un pincement au cœur, comme s'il n'allait plus revenir. Mais il reviendrait. Elle était complètement nue, les yeux de Gabriele avaient redonné vie à son corps abandonné. Il l'embrassa une dernière fois en posant sa main sur son ventre.

– Personne ne saura rien, ne t'en fais pas, lui chuchota-t-il à l'oreille.

Il sentait le battement de son cœur, mais il fallait partir.

– Je n'ai pas dit aux flics que je connaissais Monica, lui souffla-t-il. Quand la police commence à fouiller dans votre vie, elle met rarement des gants.

– Tu as bien fait, approuva-t-elle, déjà malheureuse qu'il s'en aille.

Elle avait oublié qu'il pouvait y avoir des moments comme celui-ci entre un homme et une femme.

– La police ne doit pas savoir pour nous, ajouta-t-elle en rougissant.

Elle chercha de nouveau sa bouche et ferma les yeux. Quand elle les rouvrit, il était parti. Elle retourna s'allonger un moment sur le lit et se mit à regarder le plafond dont elle n'avait oublié aucun détail. Elle vit le ciel et les magnifiques nuages qu'avait peints Walter vingt et un ans auparavant. C'était avant que tout ne commence. Walter avait été son premier amant. Déjà à l'époque, tout de suite après le mariage, elle passait ses journées seule. Son mari était parti enseigner au Texas, à l'université d'Austin, et elle avait décidé de rénover la maison de famille où ils étaient venus habiter. Mariée depuis moins d'un an, elle voulait déjà divorcer car elle était tombée amoureuse du jeune peintre qui était venu restaurer les frises du salon et les décorations des autres pièces. À l'époque, elle était encore danseuse à l'Opéra, Walter l'avait vue danser dans *Giselle*, elle l'avait invité dans sa loge. Ce furent des jours et des nuits de folie amoureuse, elle était jeune, croyait encore à la danse et plus du tout à son mariage. Ils se retrouvaient tous les jours dans la remise au fond du jardin ; le plafond fut une idée de Walter. Ils trompaient le monde avec l'excuse du chantier. Elle commença à vivre en sursis les mois qui précédaient le retour de son mari.

Quand celui-ci revint finalement, il lui annonça au bout de quelques jours que Walter avait accepté la somme qu'il lui avait proposée pour disparaître de leur vie. Elle refusa l'évidence, même lorsque ce fut Walter lui-même qui vint lui avouer avoir encaissé le chèque. Elle continua alors à se rendre régulièrement dans la remise pour s'isoler. C'était pour cette raison qu'elle avait abandonné la danse, Monica n'y était pour rien. Puis son dégoût était devenu pathologique et le médecin fut obligé d'alerter la famille : Beatrice était maniaco-dépressive. Son mari opta pour des mesures draconiennes afin d'éviter le pire et il embaucha Oksana pour la surveiller. Mais son état continua à empirer et il obtint d'elle qu'elle accepte d'effectuer un séjour à la Villa Amorosa, une luxueuse maison de repos située dans la campagne près du lac de Bracciano. Neuf mois plus tard, elle en sortit pour accoucher de Monica.

DOMESTIQUE

Silvia ne s'était pas tout de suite rendu compte que Mariella venait d'avoir un malaise. C'était Oksana qui s'en était aperçue la première. Elle venait d'introduire dans le salon les deux inspecteurs, la blonde et la brune, et madame Pecorelli les avait invitées à s'asseoir, quand la brune s'était appuyée sur elle pour ne pas tomber.

– Ça va, Mariella ? demanda Silvia.

Mariella, toute pâle, prit place dans le fauteuil sans répondre.

– Oksana, appelle le médecin ! ordonna madame Pecorelli.

Mariella fit non de la tête, puis elle regarda madame Pecorelli d'une drôle de manière.

– J'ai ce qu'il faut pour mademoiselle, dit Oksana.

Et elle s'en alla chercher le cognac de monsieur.

Mariella reprenait déjà quelques couleurs. Elle ferma les yeux pour ne plus regarder celle qu'elle venait de reconnaître comme étant la femme que Gabriele embrassait au cimetière des Anglais. Ce ne serait pas facile de continuer la conversation comme si de rien n'était. Oksana revint avec un Napoléon dix ans d'âge et une cafetière fumante sur un plateau d'argent.

– Prenez ça, dit-elle en versant le cognac dans un verre de cristal ciselé.

Mariella l'avala d'un trait et elle se sentit tout de suite mieux. Puis elle s'excusa et demanda où étaient les toilettes. Oksana l'y accompagna. Elle lui fit traverser un large couloir aux murs couverts de tableaux : uniquement des portraits d'hommes. Mariella s'attarda devant l'un d'entre eux, Oksana s'arrêta pour l'attendre.

– Connaissez-vous un jeune homme du nom de Gabriele Pollastrini ? lui demanda soudain Mariella.

Elle braqua son regard sur le visage d'Oksana pour tenter d'y surprendre une réaction, mais la domestique demeura impassible. Mariella répéta la question :

– Gabriele Pollastrini : ce nom ne vous dit rien ?

– Non.

– C'était un ami de Monica.

– Je ne connais pas tous les amis de mademoiselle, répondit Oksana comme si elle parlait d'une vivante.

– C'est lui, fit Mariella en sortant de sa poche une photo de Gabriele.

Oksana la regarda, puis elle dit sans changer de ton :

– Je n'ai jamais vu ce monsieur.

Et elle ajouta :

– Si vous n'avez pas besoin des toilettes, mademoiselle, nous serions mieux à la cuisine pour continuer cette conversation.

Mariella se dit qu'elle avait affaire à une dure à cuire.

Oksana détestait Gabriele : c'était instinctif. Mais elle était obligée d'admettre que depuis qu'il était venu à la maison, madame Pecorelli était sortie de son apathie. « C'est un artiste, lui avait-elle dit juste avant l'arrivée des deux flics. Je lui ai confié le tableau de l'Ange qui était dans le salon. Gabriele va s'en inspirer pour réaliser un portrait de notre petite Monica. »

Quand madame Pecorelli disait « notre » Monica, le cœur d'Oksana se fendait. Elle avait bien vu que Gabriele avait emporté le tableau. Mais elle s'en fichait. De toute façon Monica détestait ce tableau, sa mère l'avait accroché dans le salon contre sa volonté ; madame Pecorelli n'écoutait personne. Elle vivait dans son monde. Même après sa guérison, elle n'écoutait déjà plus son mari, alors sa fille, plus tard... C'était comme s'ils n'existaient pas pour elle. Et voilà qu'aujourd'hui ce Gabriele se présentait, ami de Monica ou pas, et elle s'intéressait à lui plus qu'elle ne s'était jamais intéressée à sa fille ! Elle lui commandait même un portrait de Monica : à croire qu'elle la préférait morte que vivante !

La cuisine était une grande pièce vitrée qui ouvrait sur l'arrière du jardin, là où se trouvait la remise, derrière les deux grands magnolias.

– On se sent bien ici, fit Mariella.

Oksana toisa la flic.

– Vous attendez un bébé ?

Mariella en eut le souffle coupé.

– Pourquoi me demandez-vous ça ?

– À cause de votre malaise, tout à l'heure.

– Vous travaillez ici depuis longtemps ? demanda Mariella en changeant immédiatement de sujet.

– Vous devriez le savoir, puisque j'ai déjà répondu aux deux policiers qui sont venus à la maison avant vous. Pourquoi vous êtes revenues d'ailleurs ? Il y a du nouveau ?

Mariella sourit.

– Vous posez de meilleures questions que les miennes. Je vais être franche avec vous, Oksana. Est-ce que je peux vous appeler Oksana ?

– C'est mon prénom, mademoiselle.

Mariella sourit de nouveau, cette femme lui plaisait.

– Vous voulez un café ? lui proposa Oksana.

Mariella accepta, puis elle demanda :

– C'est vous qui préparez les repas ?

– Nous avons une cuisinière, mais il n'y a pas grand-chose à préparer dans cette maison. Monsieur est souvent absent, comme c'est le cas en ce moment.

– Pourquoi est-il resté à Milan, après les obsèques de sa fille ? lui demanda Mariella.

Oksana lui jeta un regard méfiant, puis elle répondit :

– Mais pour son travail, bien sûr !

Elle avait l'accent dur des Slaves, mais son italien était sans fautes. Mariella se garda de poser d'autres questions sur ses employeurs, avec Oksana c'était peine perdue. Elle revint à Gabriele.

– Si nous nous intéressons au jeune homme dont je vous ai montré la photo, Oksana, c'est parce qu'il a déclaré à la police qu'il ne connaissait pas Monica. Or, nous pensons qu'il ment.

– Pourquoi vous pensez qu'il ment ? demanda Oksana en remplissant une tasse.

– Parce qu'il fréquente la même fac et les mêmes cours que Monica.

– C'est vous qui êtes de la police, fit Oksana.

– Mais vous en savez plus sur Monica que sa mère, j'en suis sûre, insista Mariella. Alors je vous le demande pour elle, pour nous aider à retrouver son assassin : est-ce que Monica vous avait parlé de quelqu'un qui l'importunait, qui la harcelait, ou tout simplement qui était amoureux d'elle ?

– Ils étaient tous amoureux de ma Monica, répondit Oksana.

« *Ma* Monica. » Mariella la regarda droit dans les yeux.

– Vous l'aimiez comme votre fille, n'est-ce pas ?

Oksana ne répondit pas à la question. Elle changea immédiatement de ton.

– Buvez votre café mademoiselle, puis retournez dans le salon. Sinon on va s'imaginer que vous avez eu un nouveau malaise.

Comme en écho à ses mots, des pas se firent entendre dans le couloir et madame Pecorelli apparut sur le seuil de la cuisine.

– Ah, t'es là ! fit Silvia qui la suivait.

Il sembla à Mariella que madame Pecorelli scrutait sa domestique et que celle-ci la rassurait à sa manière en affichant son air absent.

– On est vraiment bien ici, dit Mariella en se levant pour s'approcher de la fenêtre. Regardez-moi ça !

Entourés de lavande, des petits massifs de pensées jaunes et bleues s'étendaient jusqu'aux deux magnolias.

– Qu'est-ce que c'est, là-bas, derrière les magnolias ? demanda Mariella.

Un toit rouge se laissait deviner entre les branches.

– C'est la réserve du jardinier, lui répondit madame Pecorelli, il y garde ses outils. Si vous n'avez pas d'autres questions que celles que votre collègue m'a déjà posées, mademoiselle, je suis obligée de vous laisser car j'ai rendez-vous chez un médecin.

– J'ai prié madame de nous prévenir au cas où elle retrouverait dans les affaires de sa fille quelque chose en rapport avec le dénommé Gabriele Pollastrini, dit Silvia.

– Donc vous ne connaissez pas Gabriele, demanda Mariella en omettant sciemment de prononcer le nom de famille et en la regardant droit dans les yeux.

Cette fois madame Pecorelli ne put soutenir son regard et il y eut une fausse note dans sa voix, quand elle répondit :

– Je l'ai déjà dit à votre collègue : je ne connais pas de monsieur Pollastrini.

L'ORACLE DE LA PYTHIE

Quand elle avait appris que madame Pecorelli était la femme que Mariella avait vue au cimetière des Anglais en compagnie de Gabriele Pollastrini, Silvia avait immédiatement voulu retourner l'interroger. Elle avait aussi souhaité organiser dans la foulée une confrontation afin de mettre tout le monde au pied du mur. Mais Mariella avait décidé de temporiser, elle ne voulait pas faire de faux pas. En filant Gabriele, elle avait découvert qu'il était l'amant de la mère de la victime, mais il restait à établir s'il l'était déjà avant le meurtre ou s'il l'était devenu après. Si elle tenait à garder le secret de sa découverte pendant quelques jours, c'était pour pouvoir tenter de répondre à cette question.

Viale Trastevere, Mariella emprunta la voie réservée au tramway, au milieu de l'avenue. Ce fut alors que le tram numéro 8, nommé « désir » par ses usagers en raison de la faible fréquence de ses passages, se pointa à l'horizon. Le tram bifurqua à l'endroit où l'avenue faisait un coude, Mariella donna un coup de volant et regagna la file de la circulation. Silvia, qui s'était tue le temps de la manœuvre, reprit son plaidoyer :

– Si tu es tellement sûre que c'est la même femme que tu as vue au bras de Gabriele, qu'est-ce qu'on attend ?

– Je n'ai pas dit « au bras », j'ai dit « avec ».

– T'as quand même laissé entendre qu'ils avaient une liaison !

– Je les ai vus s'embrasser.

– S'embrasser comment ?

Mariella ne répondit pas et haussa les épaules : comment un homme et une femme qui se voyaient en cachette pouvaient-ils s'embrasser ?

– Tu connais la pâtisserie Alari ? demanda-t-elle soudain. C'est là, ajouta-t-elle sans attendre la réponse de Silvia.

– Je te suis à condition que tu me jures de ne pas prendre de choux à la crème, dit Silvia.

Mariella gara sa voiture. Elles s'installèrent à une petite table, devant un présentoir qui faisait étalage de pâtisseries aussi tentantes que variées. Silvia choisit un gros *cannolo* sicilien, fourré aux fruits confits, Mariella commanda un café au chocolat, spécialité de la maison. C'était une heure quasiment morte, trop tard pour la foule des employés venant déjeuner sur le pouce, trop tôt pour les vieux couples d'habitués.

– Pour l'instant, tu n'en parles à personne, d'accord ? dit Mariella.

– Même pas au patron ?

– J'ai dit : « à personne ».

– Quel est ton plan ? demanda Silvia. Car je suis sûre que tu en as un.

Mariella récupéra des gouttes de chocolat restées collées à la tasse, puis elle lécha la cuillère comme Paolo n'aurait pas approuvé qu'elle le fasse.

– D'abord mon point de vue sur l'enquête telle qu'elle se présente aujourd'hui à nous, ensuite le plan.

Silvia avala une bouchée de *cannolo* et se fit tout ouïe.

– Nous avions un témoin, Lucetta Baldelli, qui avait assisté au meurtre, et nous pouvons même affirmer aujourd'hui que, à quelques centimètres près, c'est elle qui aurait pu y passer.

– Elle y est passée de toute façon, commenta Silvia.

– Ne fais pas l'idiote. C'était peut-être un témoin précieux. Concentrons-nous un instant sur la victime et sur le mobile du crime. Tous ceux qui pouvaient avoir un quelconque intérêt à voir disparaître Monica Pecorelli, fût-ce un intérêt trop faible pour justifier un meurtre, nous les avons entendus : ni Otello Villani, ni Vanessa Tiberia, ni Edoardo Troiani ne peuvent être soupçonnés de meurtre car leurs alibis se sont avérés sans faille.

– Jusqu'à présent, toutes nos recherches se sont concentrées sur le quartier du meurtre, dit Silvia. Nous devrions peut-être nous pencher un peu plus sur les relations que la victime entretenait à l'université.

– Nous ne les avons pas négligées. Mais nous savons que Monica séchait assez régulièrement ses cours, qu'elle prenait ses études à la légère et qu'elle préférait nettement les garçons de la Garbatella aux étudiants de Roma Tre.

– Alors Gabriele ne correspond pas au profil, c'est un étudiant modèle, dit Silvia.

– Ça pourrait quand même coller car Gabriele est aussi un garçon qui habite à la Garbatella, et de plus un très beau garçon. Et il fréquentait les mêmes cours que Monica. Mais laissons pour l'instant Gabriele de côté, nous y reviendrons. Examinons les maigres résultats de notre enquête. Nous avons décidé, à un moment donné, de suivre la piste de la jalousie : celle du petit ami en train d'être largué, celle de l'ex-petite amie larguée et celle du copain fidèle ; Edo, Vanessa et Otello. Cela ne nous a menés nulle part, comme je l'ai déjà dit. Quant au fait d'avoir centré notre enquête sur le quartier du meurtre, j'estime encore que c'était un bon choix.

– Pourquoi ? demanda Silvia.

– Tout simplement parce que la balle a été tirée d'une des fenêtres qui donnent sur la place, même si nous ne savons toujours pas exactement laquelle. Ceci dit, nous pouvons raisonner par exclusion. Et moi, à force d'exclusions, je ne vois plus que les fenêtres de madame Baldelli, dit-elle en se mettant à dessiner les *cannoli* exposés dans la vitrine.

– Bon d'accord, tu veux vraiment revenir à ça ? Alors allons-y ! Si la balle qui a tué Monica est partie de chez Lucetta qui n'était pas chez elle à ce moment-là, la question qui se pose est la suivante : *qui* était à sa fenêtre ? Lucetta vivait seule, sa fille habite à huit cents kilomètres de Rome et seuls les Pollastrini mère et fils possédaient la clé de son appartement. Puisqu'il n'y a pas eu effraction…

– Attention ! fit Mariella. C'est là que ton raisonnement doit être rigoureux. Il ne faut négliger aucune hypothèse.

– Je n'en vois qu'une, dit Silvia, car tu ne me convaincras jamais que cette larve d'Albina ait pu s'introduire chez Lucetta et se servir d'une carabine venue d'on ne sait où.

– Je ne suis pas d'accord sur le mot « larve », dit Mariella sans s'arrêter de dessiner. C'est une femme qui est restée accrochée à son rêve d'amour et qui n'est jamais redescendue sur Terre.

– Je persiste et je signe : c'est une larve ! Elle a largement dépassé l'âge où l'on croit aux rêves d'amour, tu ne penses pas ?

– Je ne porte jamais de jugement sur mes témoins. Je les observe, c'est tout.

– Jusqu'à présent, t'as surtout observé le fiston : mais qu'est-ce qu'il t'a fait, ce mec, pour que tu sois à ce point obsédée par lui ? Tu vas voir sa mère sans moi, tu te mets à le filer sans me prévenir… Pour tout le monde, c'est un ange, et pour toi, c'est le diable !

– Je te rappelle que les anges sont plus ambigus que tu ne sembles le croire, dit Mariella sans lever les yeux de sa feuille. N'oublie pas que le diable est lui-même un ange ! Mais revenons à mon hypothèse : si on écarte Albina, Gabriele était le seul à pouvoir entrer chez Lucetta en son absence. On peut donc fortement soupçonner que c'était lui à la fenêtre.

– Même s'il ne figure pas dans la liste des chasseurs et des collectionneurs d'armes à feu ? lui opposa Silvia. D'où tiendrait-il une carabine allemande datant de la Seconde Guerre mondiale ? Et surtout : quand et comment aurait-il appris à tirer aussi bien ? Tu as toujours dit que nous avions affaire à un tireur d'élite.

– C'est vrai, je l'ai dit, reconnut Mariella. Mais parfois la vérité se cache dans le hasard.

– Qu'est-ce que tu veux dire avec tes réponses sibyllines ?

– Avec « mes oracles de pythie », comme disait Paolo.

Silvia la regarda, stupéfaite : c'était la première fois depuis trois mois qu'elle prononçait de nouveau ce nom. Mariella enchaîna :

– Je ne veux pas savoir pour l'instant comment il s'est procuré l'arme. Je veux juste que nous sachions s'il a fréquenté, ou s'il fréquente encore, un stand de tir.

– Bon d'accord, s'impatienta Silvia, mais quand bien même on apprendrait que Gabriele sait tirer, il resterait toujours la question du mobile : pourquoi aurait-il descendu Monica Pecorelli ? C'est quand même la question fondamentale ! Pourquoi aurait-il tiré sur une étudiante de sa fac qu'il ne connaissait pas ? Et s'il a menti et qu'en fait il la connaissait, qu'était-elle pour lui pour qu'il veuille la tuer ?

– Nous y sommes, dit Mariella en refermant son carnet. Admettons donc que Gabriele se trouve chez Lucetta à l'heure où il sait qu'elle achète ses choux du soir chez Damiani. De deux choses l'une : ou bien il connaît sa cible ou bien il ne la connaît pas.

– Pour l'instant nous n'avons pas encore la preuve qu'il la connaissait, même si nous savons qu'il connaît sa mère. Donnée qui ne repose d'ailleurs que sur ton témoignage, ma belle, puisque nous ne l'avons pas encore soumise à l'épreuve de la réalité avec audition et confrontation des témoins.

– Laisse-moi poursuivre. Si Gabriele connaissait Monica, il nous a menti pour cacher son mobile. D'autres possibilités s'ouvrent à partir de cette hypothèse : était-il amoureux de Monica qui ne voulait pas de lui ?

– Si j'aimais les garçons, entre cet abruti d'Edo et Gabriele, je choisirais Gabriele. À moto égale, il n'y a pas photo !

– Monica avait un certain goût pour les canailles. Vu d'où elle vient, ça peut se comprendre.

– Comme on peut comprendre, vu d'où tu viens, que tu aies un certain goût pour les intellos. Finalement, c'est facile le profilage.

Mariella la foudroya du regard.

– On pourrait envisager aussi une histoire de chantage, reprit-elle : Monica menace sa mère de mettre son père au courant de la liaison clandestine qu'elle entretient avec un garçon qui pourrait être son fils et…

– Madame Pecorelli complice du meurtre de sa fille ? Tu dérailles, ma cocotte !

– T'emballe pas, je dis ça pour la beauté du raisonnement. En réalité, le mobile nous échappe encore.

– Et s'il n'avait pas menti ? dit brusquement Silvia. Si Gabriele Pollastrini n'avait aucune raison de tuer Monica Pecorelli tout simplement parce qu'il ne la connaissait pas ?

– Dans ce cas, il faudrait revenir à la toute première hypothèse, celle avancée par la presse dès le premier jour : le meurtre sans mobile.

– Si on repart là-dessus, c'est le patron qui ne va pas être content !

– Je sais, mais il ne faut jamais écarter définitivement des voies parallèles qui pourraient converger.

Silvia la regarda, hébétée.

– C'est ça, les oracles dont parlait ton ex-gourou ?

Mariella prit un air mystérieux, avant de continuer :

– Il faudrait peut-être revenir à l'hypothèse d'un meurtre inspiré par l'affaire Marta Russo. Toi, tu ne dois plus t'en souvenir. En 1997, tu devais avoir quoi ? Quatorze ans ?

– J'avais quatorze ans et je m'en souviens très bien, même si je n'habitais pas à Rome. Dans toute la péninsule, on ne parlait plus que de ça : une jolie étudiante blonde tuée sans raison dans une petite allée de l'université La Sapienza...

– Il y a quand même des ressemblances entre les deux affaires, la presse n'a pas eu tort de les relever. Dans l'affaire Marta Russo, il y a aussi eu des tas de pistes qui se sont révélées fausses, y compris la piste politique, et finalement l'enquête a conclu que la victime était bel et bien la cible, tout en n'étant pas une cible.

– Encore une de tes devinettes ?

– Marta Russo était la cible du hasard, dit Mariella. Ce fut elle, mais ça aurait pu être quelqu'un d'autre.

– On avait tiré au pif, quoi !

– C'était un meurtre sans mobile.

– Et le patron conteste le rapprochement avec l'affaire Marta Russo parce qu'il est persuadé que dans la nôtre, il y a un mobile.

– C'est tout à fait ça.

– Alors que toi, continua Silvia, tu penses que l'ange Gabriele a braqué sa carabine, trouvée on ne sait où, et qu'il a tiré au hasard sur les passants depuis la fenêtre de la vieille aux choux. Ou bien nous avons affaire à un malade, ou bien c'est toi la malade.

– Je n'ai pas dit que nous avions affaire à un émule

du meurtrier de Marta Russo, j'ai juste dit que Gabriele Pollastrini en avait le profil.

– En tout cas, la pauvre Marta est morte pour rien et j'avoue que ça me déprimerait de découvrir que Monica elle aussi a été tuée sans raison. Mais bon, en admettant avec toi, et donc contre l'avis du patron, qu'il n'y a pas de mobile dans l'affaire *Bloody Monday* et que Gabriele Pollastrini est fou à lier et qu'il s'est mis à la fenêtre de sa presque grand-mère pour flinguer un passant au hasard, les faits ne tiennent pas debout car il dînait avec sa mère à l'heure...

– Faux ! l'interrompit Mariella. Il était vingt heures quand il s'est mis à table et le crime a eu lieu à dix-neuf heures. J'ai demandé à Lamorte d'aller vérifier si Gabriele était bien allé en cours tout l'après-midi. On l'a effectivement vu en cours de paléographie de seize à dix-huit heures, ensuite il était censé suivre le cours d'iconologie de dix-huit à dix-neuf heures trente, parce qu'il y allait toujours, mais personne n'a pu affirmer avec certitude l'y avoir vu ce jour-là.

– Mais même s'il n'a suivi que le cours de paléographie jusqu'à dix-huit heures, dit Silvia, ça me paraît ensuite un peu juste pour rentrer, préparer son coup, s'installer à la fenêtre, tirer et tout nettoyer pour ne laisser aucune trace.

Mariella resta un instant pensive, puis elle dit :

– Son coup, il l'avait peut-être préparé depuis un moment, et Roma Tre est à moins de dix minutes de chez lui.

– Et où aurait-il caché la carabine ? Chez lui ?

– Et pourquoi pas ? Les fouilles étaient ciblées. Il n'y a eu aucune perquisition chez les Pollastrini.

– On peut toujours demander à la juge...

– Mais non, c'est trop tard, on aurait dû fouiller le soir même. Si c'est lui le tueur, à l'heure qu'il est, il s'est débarrassé de son arme.

– Ce que tu avances est gravissime, Mariella, et j'ai quand même l'impression que cela repose uniquement sur le fait que tu as cru voir Gabriele embrasser la mère de la victime. Pourquoi tu ne veux pas organiser une confrontation ?

– Je n'ai pas *cru voir*, je *l'ai vu* l'embrasser ! dit Mariella sur un ton irrité.

– D'accord, t'énerve pas, tu l'as vu…

– Je me souviens très bien de ma première conversation avec Gabriele Pollastrini, reprit Mariella, c'était tout de suite après avoir découvert Lucetta Baldelli morte dans son lit. Nous étions chez Damiani, il avait commandé un cognac. Il était très secoué, au début je croyais que c'était à cause de la mort de Lucetta. Mais en fait, non ! Ce qui le mettait dans cet état, c'était la mort de Monica Pecorelli. Il ne l'acceptait pas, il en était scandalisé et voulait absolument se rendre utile. Il s'est tout de suite montré coopératif, limite collant… Ensuite il m'a appelée, il est venu me voir à la Questura, il m'a rappelée… J'ai même dû le remettre à sa place. Et s'il avait contacté la mère de Monica *après* le meurtre pour en savoir plus sur sa fille ? Et s'il l'avait séduite avec la même intention ?

– Mais pourquoi, si c'est lui le meurtrier ? dit Silvia. Même s'il est assez fou pour tirer au hasard sur les passants, il ne peut pas l'être au point d'attirer sur lui les soupçons en allant rendre visite à la mère de la victime !

– C'est pourtant à mon avis ce qu'il a fait.

– Tu t'égares, Mariella. Nous ferions mieux de repartir de zéro et d'aller relire les auditions des témoins les unes après les autres, comme nous l'a demandé le patron. Le seul avantage de tes soupçons sur Gabriele, c'est que tu en oublies les choux.

– Détrompe-toi, dit Mariella en faisant un geste pour demander l'addition, j'y pense tout le temps. La disparition de ces deux choux à la crème, c'est la clé de l'affaire. Si nous n'avons pas trouvé la boîte chez Lucetta, c'est parce qu'elle n'a pas mangé ses choux ce soir-là.

– Qui les a mangés alors ?
– Celui qui a fait disparaître la boîte.
– Le tueur ? fit Silvia en éclatant de rire.

ASSURANCE VIE

– Quelles assurances ? demanda Salesi en prenant l'appel dans le bureau des filles.

– Grillo Assicurazioni, dottoressa Caruso. Je souhaite parler avec l'inspecteur qui dirige l'enquête sur le meurtre de Monica Pecorelli.

– Et pourquoi vous voulez lui parler ? Qui vous a passé ce poste ?

– La standardiste.

– C'est pour un témoignage ? demanda Salesi.

– Non, c'est pour un renseignement.

– Un renseignement ? Nous ne donnons aucun renseignement, c'est pas un office du tourisme ici !

– C'est au sujet de madame Baldelli, dit la dottoressa Caruso. J'ai appris que la police scientifique s'était rendue dans son appartement : y aurait-il des doutes sur les causes de son décès ?

– Et pourquoi je devrais vous le dire, hein ? Qui êtes-vous ? Et qui vous a parlé de ces « doutes » ?

– Je me suis mal exprimée, dottor...

– Salesi, répondit-il, se gardant bien de préciser à son interlocutrice qu'il avait quitté l'université plus vite qu'il n'y était entré.

– Pourriez-vous m'accorder un rendez-vous d'un petit quart d'heure, dottor Salesi ? Je m'expliquerai sûrement mieux de vive voix. Je pourrai aussi vous communiquer certains détails qui concernent madame Baldelli.

Salesi fit un calcul rapide des avantages qu'il pouvait tirer de cette rencontre, au pire il perdrait un quart d'heure. Il avait surtout envie de mettre un visage sur cette voix sensuelle.

– Nous sommes très occupés en ce moment, quand est-ce que vous voudriez passer ?

– Je ne suis pas très loin de la Questura, nos bureaux se trouvent Piazza Beniamino Gigli, je ne sais pas si vous voyez...

– Je vois très bien, répondit Salesi, c'est la place où il y a l'Opéra.

C'était De Luca qui le lui avait dit, un jour qu'ils passaient par là ; à l'époque, elle fréquentait encore son archéologue.

– Exact ! répondit la voix d'un ton enthousiaste. Vous êtes mélomane, dottor Salesi ? Vous aimez l'opéra ?

– Je suis comme qui dirait un enfant de la balle, dottoressa Caruso, mentit-il sans vergogne, ma mère était chanteuse. J'adore Verdi et aussi Puccini. Quand est-ce que vous voulez passer ?

– Dans une demi-heure, est-ce que ce serait possible ? proposa-t-elle.

Salesi réfléchit et accepta. Il pourrait la recevoir dans le bureau des filles, beaucoup plus agréable que le sien, avec vue sur la terrasse de l'Open Colonna ; il y venait parfois à midi pour reluquer les clientes du restaurant. Silvia et Mariella étaient parties chez les Pecorelli, le terrain était libre.

Quand il vit la dottoressa Caruso surgir au bout du couloir, Salesi se dit qu'il avait été bien inspiré. C'était le genre hôtesse d'accueil embauchée pour un salon de thalassothérapie, en tout cas telle qu'il se l'imaginait.

– C'est gentil à vous de me recevoir, dottor Salesi.

– Je n'ai pas beaucoup de temps à vous consacrer, dit-il en l'invitant à entrer dans le bureau.

Il avait fait toute une manœuvre afin qu'elle ne pût lire les noms des filles sur la porte. Avant de s'asseoir, la dottoressa Caruso lui remit une enveloppe.

– Permettez-moi de vous offrir ceci, dit-elle.

Salesi considéra l'enveloppe à en-tête des Grillo Assicurazioni et se sentit pris au piège. Elle le rassura :

– Ce sont deux billets pour la première de *Tosca* samedi prochain. Vous m'avez bien dit que vous aimiez l'opéra ?

Il la remercia et la regarda comme il avait l'habitude de regarder les jolies femmes : d'un air béat.

– Je serai brève, dit-elle. Il y a quinze ans, madame Baldelli a souscrit une assurance vie dont le bénéficiaire est monsieur Gabriele Pollastrini, né le 25 mars 1989. Sur la base de ce contrat, ma compagnie doit verser à monsieur Pollastrini la somme de 2 500 euros par mois jusqu'à la fin de ses études, et ce au plus tard jusqu'à sa vingt-cinquième année. Le bénéficiaire en question venant de fêter ses vingt ans, le décès de madame Baldelli coûtera à notre société la somme de 2 500 x 12 x 5, soit 150 000 euros. Alors vous comprenez, nous vérifions les conditions exactes de la mort de madame Baldelli.

– Café ? proposa Salesi en mettant de l'eau dans la cafetière de Mariella.

Au bout de vingt minutes d'échange avec celle qu'il ne considérait déjà plus comme une inconnue, Salesi commença à guetter du côté de la porte. La dottoressa Caruso n'avait pas appris grand-chose, mais Salesi avait réussi à lui faire croire qu'il la tiendrait au courant des avancées de l'enquête. C'était un vieux renard qui faisait semblant de succomber au charme de son interlocutrice pour mieux la manipuler. S'il n'avait pas craint le retour des filles dont il occupait indûment le bureau, il aurait prolongé la conversation. Déjà s'organisaient dans son esprit les raisons qu'il invoquerait pour justifier son occupation illicite des lieux, au cas où De Luca et son escorte seraient de retour. Les billets lui seraient alors bien utiles pour les amadouer. De toute façon, il n'irait pas à l'Opéra, et il ne connaissait personne dans son entourage susceptible de passer deux heures, voire plus, à écouter chanter des histoires incompréhensibles.

– Je ne veux pas abuser de votre disponibilité, dottor Salesi, dit la dottoressa Caruso en se levant et en reculant suffisamment pour lui permettre d'évaluer le galbe de ses jambes. Je vous laisse ma carte, vous pouvez me joindre à n'importe quelle heure.

– Voici mon numéro de portable, répondit Salesi, à qui le « n'importe quelle heure » n'avait pas échappé.

Il la raccompagna. Quand elle descendit le grand escalier de la Questura, il se tint un peu derrière elle pour mieux suivre le mouvement gracieux de son corps. En lui serrant longuement la main, sur le trottoir de la Via San Vitale, il lui demanda :

– Et ces détails que vous m'aviez promis, dottoressa ?

– J'ai tenu ma promesse, répondit-elle sans retirer sa main.

Il la regarda en oubliant la question qu'il venait de poser, elle interpréta son silence comme une attente d'explication.

– Si la mort de Lupa Baldelli signifie pour le bénéficiaire de son assurance vie le joli magot dont je vous ai parlé, et si en prime vous y ajoutez la part d'héritage que la défunte aurait attribué, si mes informations sont exactes, à monsieur Pollastrini, au cas où madame Baldelli ne serait pas morte de mort naturelle, vous avez un mobile, vous ne croyez pas ?

– Comment avez-vous appris que monsieur Pollastrini

héritierait de madame Baldelli ? demanda Salesi en lui lâchant la main.

– Nous sommes des enquêteurs, tout comme vous, inspecteur. Nous allons chercher les infos où elles se trouvent.

Salesi allait lui répondre que la police n'était pas au courant pour l'héritage, mais il s'immobilisa en voyant surgir à l'angle de la Via San Vitale et de la Via Genova la Fiat 500 de l'inspecteur De Luca, qui passa devant eux avant de disparaître dans la cour de la Questura.

– Je vous rappellerai, dit-il en prenant brusquement ses distances. Je ne doute pas que vous nous tiendrez au courant des éventuels résultats de votre... enquête.

– Je n'y manquerai pas, au revoir dottor Salesi, le salua-t-elle chaleureusement.

Elle fit un pas pour s'éloigner, puis se retourna avant d'ajouter :

– Vous verrez... c'est un spectacle d'une modernité troublante.

– Pardon ?... Quel spectacle ?

– *Tosca*, bien sûr.

Pour toute réponse, Salesi se contenta d'un large sourire. Il rejoignit ensuite la porte de la Questura en courant.

La première image qui lui vint alors à l'esprit fut l'enveloppe à en-tête des Grillo Assicurazioni qu'il avait laissée sur le bureau de l'inspecteur De Luca. Il remonta les marches quatre à quatre, traversa le couloir et entra chez les filles. De Luca était en train d'inspecter les billets d'opéra. Silvia lui dit en faisant allusion à l'inconnue :

– Tu l'as trouvée dans un œuf de Pâques ?

– Pâques, c'est dans pas longtemps, répondit Salesi, c'est toi qui pourrais me faire une surprise : j'adore les nénettes en chocolat !

Mariella le dévisagea, méfiante comme d'habitude, puis brandit les billets et lui demanda :

– C'est quoi, ça ?

– Cadeau ! répondit Salesi en s'asseyant sur une des deux chaises devant le bureau.

– Nous avons du boulot, fit Silvia.

– Tranquille, les filles, j'ai du nouveau.

Il leur raconta tout ce qu'il avait appris. Il glissa un peu sur les raisons qui l'avaient poussé à recevoir les longues jambes de la dottoressa Caruso et sut insister sur l'assurance vie et la part d'héritage dont allait bénéficier Gabriele Pollastrini.

– Je me demande comment l'assurance est au courant de cet héritage, dit Mariella. Même Doris Del Savio n'en sait encore rien.

– Ils ont de bons enquêteurs, répondit Salesi.

– Quoi qu'il en soit, ce sont des révélations importantes, merci Salesi, dit Mariella en le gratifiant d'un beau sourire.

Quand elle souriait, elle lui était instantanément sympathique. Et aussi quand elle le félicitait, bien sûr, ce qui était plus rare.

– Ceci dit, je ne vois pas vraiment le rapport avec *Bloody Monday*, fit-il. On a tué l'étudiante, que je sache, pas la vieille !

Silvia ne put s'empêcher de lancer un regard lourd de sens à Mariella, qui resta impassible.

– Qu'est-ce qui se passe ? demanda Salesi qui avait saisi le regard de Silvia. Vous me cachez quelque chose ? Vous avez appris du nouveau chez les Pecorelli ?

– On va organiser une réunion avec le patron, dit Mariella. Mais la seule nouvelle importante est celle que tu viens de nous donner : ça nous permet de mieux cerner le profil de Gabriele Pollastrini.

– Tu ne vas quand même pas croire qu'il est impliqué dans la mort de Monica Pecorelli ? fit Salesi.

– Je t'ai dit qu'on ferait un point avec le patron ! répondit Mariella.

– En tout cas, j'espère que tu seras mieux inspirée que la dernière fois. Chez madame Baldelli, la scientifique n'a trouvé que dalle. Juste de la poussière de velours.

Mariella se figea et elle demanda :

– Comment tu sais que c'est du velours ?

– C'est le patron qui me l'a dit, il a reçu les résultats du labo. Il te cherchait tout à l'heure, je lui ai dit que vous étiez parties toutes les deux chez les Pecorelli. Il pense que cette poussière provient d'un vieux tissu qui devait traîner sous le lit, rien à voir avec le carreau descellé.

Mariella semblait soudain ailleurs. Elle lui dit :

– Merci pour les billets d'opéra, j'adore *Tosca*.

LE DIEU DES MÉTAUX

Augusto prenait son temps. Il profitait de la patience de Gabriele pour lui poser un tas de questions sur ses études et pour lui exposer aussi ses réflexions sur l'art, fruit de plus de cinquante ans de métier de restaurateur de métaux. Gabriele piaffait. Non qu'il ne fût pas intéressé par ce que racontait Augusto – en d'autres circonstances il aurait lui-même insisté pour qu'il lui montre, comme il le faisait en ce moment, les photos des chefs-d'œuvre qu'il avait restaurés : de pures merveilles dispersées aux quatre coins du monde –, mais il avait rendez-vous avec Beatrice et il était déjà en retard.

Augusto sortait ses outils, dévoilait ses techniques, racontait l'histoire de certaines pièces du XIe siècle qui avaient séjourné en grand secret dans son atelier. Gabriele écoutait, souriait, se montrait doux et disponible comme à son habitude, mais il bouillonnait intérieurement. Il était partagé entre l'attention qu'il portait aux propos de l'ancien restaurateur de métaux et sa volonté de trouver le moment propice pour faire glisser la conversation sur l'inspecteur De Luca. Depuis qu'il l'avait aperçue au cimetière, mardi matin, elle était devenue pour lui une véritable obsession : son image lui revenait tout le temps. Il se demandait si elle avait découvert qui était la femme qui l'accompagnait.

Il n'avait pas prévu que les choses aillent aussi vite avec Beatrice. Il cherchait Monica en elle, elle était passionnée, ils étaient devenus amants. Mais elle n'était pas comme Monica, qui se laissait posséder dans le silence et dans l'obscurité, et il craignait déjà de se lasser d'elle. Pourtant il ne pouvait pas rompre. Pas encore. Grâce à elle, sa collection avait commencé à exister : la *Dormeuse bleue* et l'*Angelus Novus* étaient accrochés côte à côte sur le mur de sa chambre et quand il fermait les yeux, il les emportait avec lui chaque nuit.

– Vous avez dit à l'inspecteur De Luca que je me garais toujours devant chez vous ? demanda Gabriele.

– Pourquoi je lui aurais dit une bêtise pareille ? D'habitude tu te gares devant chez toi, pas devant chez moi.

Et Augusto ajouta, complice :

– D'ailleurs, je me demande ce que tu viens faire ici... T'aurais pas quelqu'un qui te plaît dans le Lot 10 ?

– Qu'est-ce que vous allez chercher ? Je me gare ici quand je ne trouve pas de place plus bas, tout simplement.

– Dis-moi, pourquoi cette flic t'inquiète, mon petit ? lui demanda Augusto.

– Elle ne m'inquiète pas ! Pourquoi voulez-vous qu'elle m'inquiète ? Mais je n'aime pas qu'on vienne me poser des questions auxquelles j'ai déjà répondu. J'ai des cours à suivre, des examens à préparer, la session de juin approche.

– T'as raison, petit, va bosser.

– Surtout qu'avec tout ce qui se passe en ce moment dans le quartier, je ne dors presque plus. Quand la police se met en tête que vous savez quelque chose, surtout si l'enquête patauge, elle ne vous lâche plus !

– Tu ne crois pas si bien dire, renchérit Augusto, car hier, la flic en question est revenue me voir. C'était soi-disant pour visiter mon atelier, mais j'ai tout de suite compris qu'elle voulait me tirer les vers du nez.

– Et qu'est-ce qu'elle cherchait, cette fois ?

Augusto prit l'air de celui qui en sait plus qu'il ne veut en dire.

– Elle voulait soi-disant faire mon portrait. La première fois que je l'ai vue, c'était la semaine dernière, elle m'a même offert une esquisse. C'est très ressemblant. Elle dessine pas mal.

– La flic ?

– Bien sûr. Elle avait même dessiné ta Honda.

– Ma moto ? Mais pourquoi s'intéresse-t-elle à ma bécane ?

– Elle s'intéresse à toi, mon fils, pas à ta bécane.

– À moi ? Pourquoi à moi ?

– Je ne sais pas, peut-être parce que tu étais proche de Lucetta et qu'elle se pose des questions sur sa mort.

Gabriele pâlit. Les pulsations recommencèrent sur sa paupière, il y posa l'index et ferma les yeux.

– T'as quelque chose dans l'œil, petit ? demanda Augusto.

– C'est le printemps, répondit Gabriele. Tous ces pollens dans l'air... Pourquoi cette flic s'intéresse à Lucetta ? Quel rapport avec le meurtre ?

– Ça, fit Augusto, seul le cerveau d'un flic peut le savoir. Moi, elle m'a juste parlé d'une boîte de beignets de chez Damiani qu'elle n'a pas retrouvée dans la poubelle de Lucetta.

– Mais elle est malade ! s'énerva Gabriele. Elle fait les poubelles pour trouver une boîte que Lucetta a pu jeter n'importe où !

– Si t'as une explication à lui fournir, dit Augusto, n'hésite pas, mon garçon. Car mine de rien, cette flic a l'air coriace.

– Comment voulez-vous que je sache où Lucetta a jeté cette boîte ?

– En fait, la flic pense que Lucetta ne les a pas mangés, ses beignets de Saint-Joseph.

Gabriele décida de changer de sujet : ces deux choux, c'était sa première erreur. Il avait jeté la boîte loin de la Garbatella, sans penser que sa disparition soulèverait plus de questions que sa présence dans la poubelle de Lucetta.

– Qu'est-ce qu'elle voulait savoir d'autre ? demanda-t-il.

– Elle voulait savoir si je te connaissais des filles.

– Qu'est-ce que ça peut lui foutre ? Elle fait une fixation sur moi, ou quoi ?

– Ta mère lui a raconté que tu n'avais jamais ramené de filles à la maison et ça la tracasse.

– Ma mère ?

– Mais non, la flic !

– Et pourquoi, ça la tracasse ?

– Ça la tracasse parce qu'elle se dit qu'un beau mec comme toi, gentil et tout, avec une belle moto en plus, c'est quand même bizarre qu'on ne le voie jamais avec une nana.

– Elle croit que je suis pédé ?

– Elle croit que tu caches ton jeu.

– Quel jeu ? Y a aucun jeu ! C'est mes oignons quand même, si j'ai une nana ou pas !

– C'est ce que je lui ai dit : ce sont tes oignons !

Puis il ajouta, malicieux :

– Elle voulait savoir aussi si je t'avais déjà vu en compagnie de la victime.

– Je lui ai pourtant dit que je ne connaissais pas Monica !

– Si je peux me permettre, mon petit, ne l'appelle pas par son prénom. La police s'accroche à ce genre de détails et on sait jamais quelles conclusions elle peut en tirer.

– C'est parce que j'en parle avec émotion... se ressaisit Gabriele. Ce qui est arrivé à cette fille me touche, j'y pense tout le temps, j'ai l'impression de la connaître même si je ne l'ai jamais rencontrée. C'est pour ça que je l'appelle par son prénom. Je n'ai rien à cacher !

– Je sais, mais je te le répète : t'as affaire à une coriace. Artiste, mais coriace. De toute façon, j'ai l'impression que les flics rament. Tiens, par exemple, la blonde : elle m'a posé les mêmes questions sur Otello, soi-disant parce qu'il est très copain avec Edo.

Gabriele souffla : il n'y avait donc pas que lui sur la liste des suspects !

– Mais Edo était là quand on a tué Monica Pecorelli, dit-il.

– Tu vois ? Tu y colles le nom de famille et ça marche ! Si je raisonne comme les flics raisonnent, ça fait celui qui a lu les journaux, qui s'intéresse à un fait divers qui concerne une fille de sa fac… Mais ça montre aussi la distance, l'absence d'implication personnelle.

Augusto reprit son souffle. Puis il regarda Gabriele droit dans les yeux et lui demanda :

– Dis donc, tu ne la connaissais quand même pas un tout petit peu, cette Monica ?

– Pourquoi vous me redemandez ça ? Vous ne me croyez pas ?

– C'est pas ça, c'est que… t'as une manière spéciale de prononcer son nom.

– Mais c'est une tragédie, le sort de cette fille ! Et puis, on l'a tuée en bas de chez moi !

– Je voulais juste te mettre en garde car j'ai comme l'impression que la flic brune t'a dans sa ligne de mire !

– Mais j'ai rien fait, moi ! s'écria Gabriele.

– Je sais, tu ne ferais pas de mal à une mouche, Lucetta le disait tout le temps. Mais les flics, ça raisonne pas pareil.

Ils quittèrent l'atelier, Gabriele emporté par sa colère à l'encontre de l'inspecteur De Luca, qu'il peinait à maîtriser, Augusto se posant des questions sur lui. Après tout, la police faisait son travail, ce n'était qu'une enquête de voisinage !

LES VOIX DES CHOSES

Mariella engloutit la dernière bouchée des deux choux à la crème qu'elle s'était achetés chez Damiani et ferma les yeux pour mieux les apprécier. Puis elle se lécha les doigts et s'essuya la bouche avec le dos de la main : ah, ce besoin de faire quelque chose de régressif quand elle repensait à Paolo ! Et elle y repensait de plus en plus souvent, depuis qu'elle se sentait mieux. Elle voulait le revoir pour lui parler enfin de cet enfant qu'elle portait depuis trois mois comme une bombe à retardement. Comptait-elle sur lui pour décider de son sort ? Elle alla chercher les billets d'opéra qu'elle avait posés sur la table.

THÉÂTRE DE L'OPÉRA

samedi 4 avril 2009 · 20 h 30

PUCCINI · TOSCA

premières loges de côté · 14 · fauteuil 1

cat. 2 · tarif plein · 114€

Si sa mémoire était bonne, son fauteuil faisait face à la loge de Paolo, de l'autre côté de l'orchestre.

Il faisait beau, elle ouvrit la fenêtre. La soirée s'annonçait longue. Elle avait dit à Silvia qu'elle avait l'intention de profiter du cadeau de Salesi : elle adorait *Tosca*, et elle n'était plus retournée à l'Opéra depuis sa rupture avec Paolo. « Ça te fera du bien de sortir », lui avait dit Silvia. Avait-elle cru qu'elle irait avec Paolo ? Silvia n'avait jamais pris leur rupture au sérieux. En tout cas, si elle s'était montrée aussi discrète, c'est qu'elle devait déjà avoir quelque chose de prévu pour ce samedi soir. Mariella ignorait tout de la vie amoureuse de sa coéquipière, elle savait juste qu'elle avait rompu avec le commissaire divisionnaire Maddalena Carlandi, des stups, à peu près au moment de sa rupture avec Paolo. Elles étaient proches mais indépendantes, et c'était bien comme ça. Cette distance réciproque leur permettait de travailler ensemble sans confondre l'amitié avec le métier. Silvia était plus jeune de quinze ans et très différente d'elle, pourtant Mariella s'y était attachée comme à la sœur cadette qu'elle n'avait jamais eue. Sa présence la réconfortait, sa spontanéité la ressourçait, son énergie la réveillait. Même son ignorance dans des domaines comme l'art ou la littérature la mettait de bonne humeur, car Silvia n'en éprouvait aucun complexe. C'était une fille bien dans sa peau, qui adorait la montagne l'été comme l'hiver. Elle aimait aussi son boulot, qu'elle faisait bien, se donnant sans compter et avec passion.

Mariella posa les billets sur son lit et commença à se déshabiller. Si elle allait à l'Opéra, elle apercevrait forcément Paolo, il ne ratait jamais une première. Elle le verrait, de loin, sans être vue. Elle était partagée entre le désir et la crainte, entre son amour qui n'était pas mort et sa jalousie toujours prête à renaître. Car Paolo ne serait certainement pas seul dans sa loge, où elle avait tant de fois été invitée.

Elle enfila sa robe noire qu'elle cacha sous un long gilet, et son blouson de cuir : son petit ventre commençait à se voir. Elle mit des talons aiguilles, son image dans le miroir lui rappela sa vie nocturne d'avant Paolo, cette part d'elle-même qui avait regagné les coulisses mais se tenait prête à revenir sur scène. Si elle était allée chercher sa perruque, Paolo lui-même ne l'aurait pas reconnue.

Il n'était pas encore dix-huit heures. Trop tôt pour aller directement à l'Opéra, même si elle avait l'intention d'y arriver en avance pour ne pas croiser Paolo dans le hall. Et si elle faisait d'abord un petit tour à la Garbatella ? Elle avait confié à Silvia son projet de filer encore Gabriele pendant quelques jours, à l'insu du patron. Si elle découvrait un nouvel élément, elle convoquerait une réunion d'urgence afin de réajuster les objectifs de l'enquête. Gabriele ne se doutant pas de ses soupçons, il lui serait facile de découvrir s'il cachait quelque chose.

La Garbatella n'était pas loin de chez elle, juste un petit détour sur la route de l'Opéra. Elle passa la Porta San Paolo, emprunta la Via Ostiense : elle revenait à son enquête avant de revenir à ses amours. Elle ne s'était pas sentie aussi bien depuis des mois. Était-ce le pressentiment que quelque chose allait enfin se passer ce soir ? Un soir de printemps et de *Tosca*.

Elle arriva Piazza Bartolomeo Romano, sur le lieu du crime, contourna la place et remonta la Via Cravero jusqu'à l'entrée du Lot 10, où habitait Augusto. L'emplacement où était garée la Honda de Gabriele le jour où elle était allée voir sa mère était vide. Elle hésita : emprunter la Via delle Sette Chiese pour retourner sur la Via Ostiense et se diriger vers l'Opéra ou bien faire encore un tour dans le quartier ? Elle décida de rester encore un moment à la Garbatella, il était encore tôt pour l'Opéra. Elle tourna Via Passino car Augusto lui avait dit que c'était là que Gabriele garait d'habitude sa moto, quand il ne la laissait pas devant le Lot 10. Parfois un coup de volant peut faire basculer une vie. Au moment où la Fiat 500 bleu ciel apparut en haut de la Via Passino, Gabriele enfourchait sa moto pour la redescendre. Dès qu'elle aperçut la Honda, Mariella la suivit sans hésitation. Il était dix-huit heures trente.

La Honda fonçait sur la Via Ostiense en direction du Lido d'Ostie. Après l'EUR, Mariella commença à se demander si elle avait été bien inspirée de se lancer dans cette poursuite.

La Honda filait maintenant sous les frondaisons des pins parasols, sur cette Via del Mare qu'elle avait tant de fois parcourue sur la Ducati de Paolo.

« *Al tuo fianco sentire / per le silenziose ombre salir / le voci delle cose.* » « Les voix des choses » : ces mots de la première aria de *Tosca*, épreuve suprême pour les sopranos, comme le lui avait expliqué Paolo, l'accompagnaient maintenant dans sa course-poursuite avec la Honda. Elle se disait qu'elle ferait mieux de lâcher sa proie, mais elle ne parvenait pas à renoncer.

Quand la Honda se gara en bas de la Rotonde du Lido d'Ostie, d'où l'on pouvait voir le magnifique plongeoir en forme de « H » du Stabilimento Kursaal, un souvenir frappa Mariella de plein fouet. Elle repensa à tous ces après-midi d'été qu'elle avait passés allongée sur le sable à regarder les baigneurs qui s'élançaient du plongeoir, et parmi eux Paolo. Que faisait-elle ici, à cette heure, un samedi soir de printemps ? Personne ne lui demandait de travailler en solo pendant son temps libre. Il était déjà dix-neuf heures passées, le spectacle commençait à vingt heures trente. Si elle partait maintenant, elle pourrait gagner sa loge avant le lever de rideau. Mais à qui Gabriele était-il en train de téléphoner, là-bas, sur la Rotonde ? Elle décida de rester encore dix minutes, ensuite elle partirait. Elle sortit de sa voiture, il faisait déjà sombre.

– Calme-toi, disait Gabriele face à la mer, je te le rendrai, le tableau. Mais tu as tort de t'inquiéter, ta cosaque ne dira jamais rien. Comment ? D'accord, je ne l'appellerai plus « la cosaque », je sais qu'elle est ukrainienne. Mais laisse-moi encore le portrait quelque temps, veux-tu ? Tu sais à quel point j'en ai besoin ! Tu n'es quand même pas jalouse ? Comment ? Quelle jeunesse ? Cette jeunesse est sous terre, alors que toi, tu es vivante ! Qui touche mes mains ? Qui embrasse mes lèvres ? Mais oui, tu me manques ! Tu crois que ça me fait plaisir d'annuler ce rendez-vous ? Oui... très envie... Dis-moi que tu me laisses ce portrait. Oui, je t'aime. Bientôt. C'est promis. C'est la faute de cette flic... Mais non, ça n'a rien à voir avec Monica, c'est pour une autre affaire, une dame de ma connaissance... Ah bon ? Elle t'en a parlé ? Ah, c'est la blonde... Ah ! Merci, tu es mon ange ! Oui... Tu sais bien. Bien sûr que je te rappelle.

Gabriele était fou de rage. Entre Beatrice qui l'agaçait et l'inspecteur De Luca qui le traquait... Mais qu'avaient-elles, toutes ces bonnes femmes, à lui compliquer à ce point la vie ? Ce n'était pas assez d'avoir eu Lucetta sur le dos, il fallait que d'autres prennent le relais ! Seule Monica le rendait parfaitement heureux, elle qui ne venait que quand il avait besoin de sa présence. Monica ne le décevait jamais.

Quand tout à l'heure il avait vu surgir la Fiat 500 bleu ciel, en haut de la Via Passino, il avait reçu un choc. La flic avait osé venir le filer un samedi soir ! Elle allait voir ce qu'elle allait voir. Il fit mine de téléphoner de nouveau, mais elle était trop loin pour qu'il pût la prendre en photo ; il zooma, l'image se déforma. Il vit des jambes sur des talons aiguilles. C'était la première fois qu'il la voyait en jupe. Elle n'était pas en service. Pourquoi alors l'avait-elle suivi ? Elle n'avait rien d'autre à faire un samedi soir que d'aller à la chasse en solitaire ? Elle ne bougeait pas, elle avait l'air d'une pute qui attend le client. Des voitures passaient sans s'arrêter, personne sur la Rotonde. Comment l'attirer jusqu'en bas, sur la plage ? Le plus simple, ce serait d'y descendre d'abord lui-même, elle le suivrait. Il ne serait pas difficile de se cacher derrière une cabine, de lui tomber dessus et de l'étrangler, il avait des gants dans sa poche. Sauf qu'elle était peut-être armée.

Mariella ne se décidait pas à partir. Que faisait Gabriele sur la Rotonde déserte ? À qui avait-il téléphoné tout à l'heure ? À qui téléphonait-il maintenant ? Son rendez-vous s'était-il décommandé ? C'était bien la peine d'être venue jusqu'ici ! Soudain, elle le vit disparaître du côté de l'escalier qui menait sur la plage. Qu'allait-il faire là-bas ? Mais voilà qu'il revenait déjà et se dirigeait vers sa moto. Mariella regagna sa voiture à grands pas. Lorsque la Honda démarra, elle la suivit sur la Via Cristoforo Colombo. Dix-neuf heures trente, avec un peu de chance elle ne raterait pas le spectacle. C'était une mauvaise idée d'avoir suivi Gabriele jusqu'à Ostie, probablement avait-il tout simplement eu envie de faire un tour à la plage. La Honda commençait à prendre de la distance, Mariella accéléra. Après la basilique de San Paolo, elle se retrouva empêtrée dans la circulation, dense en ce samedi soir sur la Via Ostiense. La Honda tourna à droite et remonta la Via delle Sette Chiese. Elle vérifia une nouvelle fois sa montre et suivit la moto.

Un instant, il avait craint qu'elle n'abandonne. Finalement, il avait eu raison de modifier son plan : il y avait trop de risques sur la plage, même s'il réussissait à la neutraliser avant qu'elle ne sorte son arme. C'était une flic, elle ne se serait pas laissé faire. Il y aurait eu une autopsie, l'enquête aurait été minutieuse, il se serait mis en danger. Il fallait l'obliger à se garer près de chez lui ; plus tard, il reviendrait chercher sa voiture pour aller la laisser dans le parking souterrain de la Villa Borghese. Après tout, la BMW avec laquelle la bande de la Magliana avait enlevé Emanuela Orlandi[17] y était bien restée treize ans sans que personne ne la remarque ! Il gara sa moto à son emplacement habituel, Via Passino, puis se dirigea vers l'entrée du Lot 12. Il s'arrêta un moment au milieu du trottoir pour lui donner le temps de le rejoindre et il appela sa mère.

Mariella avançait sur la pointe des pieds pour ne pas faire de bruit avec ses talons aiguilles. Elle avait oublié *Tosca*. Sa robe ralentissait sa marche, elle la souleva au-dessus du genou. Elle aperçut Gabriele sur le trottoir, devant l'entrée du Lot 12. Il téléphonait de nouveau. À qui ? Il disparut ensuite à l'intérieur du jardin, elle hésita à le suivre. Un couple remontait la rue, l'homme ne cessait d'embrasser la fille. Le jardin était plongé dans l'obscurité, seules quelques fenêtres étaient éclairées, qui lui servaient de repères. Mais elle ne voyait plus Gabriele. Elle ne se décidait pourtant pas à quitter la partie. Puisque la soirée était foutue, il lui fallait tenter encore quelque chose. Pourquoi pas se pointer tout simplement chez les Pollastrini ? Gabriele n'apprécierait pas, mais il serait bien obligé de faire avec.

Mariella se dirigea vers l'entrée du bâtiment M. Elle n'eut même pas besoin d'appuyer sur l'interphone car la porte était ouverte. Elle la poussa, pénétra dans le petit hall, chercha l'interrupteur. Mais elle n'eut pas le temps d'allumer. Elle reçut un coup sur la nuque et s'effondra sur le sol.

17. Emanuela Orlandi, quinze ans, fut enlevée à Rome le 22 juin 1983 par la bande de la Magliana dans des circonstances mystérieuses. Douze ans plus tard, en 1995, la BMW utilisée pour son enlèvement fut garée dans le parking souterrain de la Villa Borghese où elle resta ensuite treize ans sans que personne ne la remarque.

LA PRISONNIÈRE

Paupières lourdes et douleur au crâne : ce fut la première sensation que Mariella éprouva quand elle reprit ses esprits. La deuxième fut la panique. Elle chercha des yeux la fenêtre et elle ne reconnut pas son lit. Il n'y avait pas de fenêtre et il n'y avait pas de lit, elle était allongée sur le sol dans le noir absolu. Elle tenta de se mettre debout, mais n'y parvint pas ; son corps endolori tremblait de froid. Elle était enfermée quelque part. Où ? Soudain, ça lui revint : Gabriele sur la Rotonde du Lido d'Ostie. Elle ne se souvenait de rien d'autre. Elle se rappelait l'enquête, *Tosca*, sa filature... mais après, plus rien. Avait-elle eu un accident ? Se trouvait-elle dans une chambre d'hôpital, plongée dans le coma ? Tout ce noir et cette sensation d'être au fond d'un puits : était-elle en train de mourir ?

Son pied buta contre quelque chose. Elle ramassa l'objet, le tâta, trouva un bouton qu'elle fit glisser : un faisceau de lumière éclaira le sol. Elle fut terrorisée en découvrant ses jambes sales et ses bas déchirés. Elle dirigea la lumière vers le mur, aperçut une porte. Elle se leva au prix de mille douleurs, s'accrocha à la poignée : la porte était fermée à clé. Elle frappa de toutes ses forces, cria au secours... mais elle n'était même pas sûre que sa voix sortait de sa gorge. Puis elle pensa à son portable et à son carnet : où étaient-ils ? Où était son blouson ? Elle n'avait plus sur elle que son gilet et sa robe noire entortillée autour de son ventre. Que s'était-il passé après Ostie ? Elle était submergée par la fatigue. Elle se retourna, éclaira les pieds d'un lit. Et si elle s'allongeait un peu pour se reposer et se réchauffer ? Elle retrouverait peut-être la suite des événements. Pour l'instant, tout s'arrêtait avec Gabriele debout sur la Rotonde, face à la mer, en train de téléphoner, et plus loin sur sa droite, le plongeoir du Kursaal. Elle avança à petits pas vers le lit ; elle avait mal aux jambes, à la tête et au cou. Elle dirigea la torche sur le matelas. Deux crânes lui envoyèrent leur macabre sourire. Elle s'évanouit.

Si la flic ne mourait pas de peur, elle mourrait étouffée, se dit Gabriele en félicitant sa mère pour son excellente *pasta e fagioli*. C'était un plat qu'il aimait froid. Il était tard et Albina tombait de sommeil.

– Tu y as mis un soupçon de cannelle, lui dit-il.

Albina aimait qu'on égrène la liste des ingrédients quand elle préparait un plat. Gabriele était de bonne humeur. Avec sa prisonnière enfermée dans sa cage, il avait toute la nuit devant lui. Il prépara une tisane pour sa mère, dans laquelle il ajouta de la doxylamine. Même si elle avait le sommeil lourd, mieux valait s'assurer qu'elle ne se réveillerait pas cette nuit. Une nuit qui répéterait celle qui avait eu lieu soixante-cinq ans plus tôt.

Quand Albina se fut couchée et qu'il eut vérifié qu'elle dormait, il alla se changer. Sa chambre d'enfant lui parut petite et il regarda avec compassion les deux magnifiques portraits suspendus au mur. Graziella et Monica : la même fleur arrachée, éternellement vivante. Il leur parla à toutes les deux. « Je vous offrirai un espace digne de votre beauté. Quand je toucherai l'héritage de Lucetta, j'achèterai un studio en ville et j'y accrocherai vos portraits. » L'appartement de Lucetta était grand, cent cinquante mètres carrés au sol, quatre mètres sous plafond et une vue imprenable sur la Piazza Bartolomeo Romano. Le prix du mètre carré avait augmenté dans le quartier, et l'originalité de l'architecture y ajoutait une plus-value. Six mille euros le mètre carré multiplié par cent cinquante, ça faisait neuf cent mille euros. Un petit pactole. Il en toucherait le quart, de quoi s'acheter un studio en centre-ville. L'assurance vie de Lucetta lui payerait ses études jusqu'à ses vingt-cinq ans, il avait le temps de voir venir. Sans compter l'argent sur son compte épargne : depuis des années Lucetta y versait les intérêts qu'elle récoltait avec son activité d'usurière. Elle avait vraiment tout fait, la pauvre Lucetta, pour lui donner l'envie de la renvoyer vers le Créateur. Il lui avait juré qu'il respecterait ses dernières volontés ; certes, elle ne pouvait savoir que ce seraient les dernières, mais l'important, c'était de les respecter. Lucetta lui avait fait promettre que tôt ou tard, et même contre l'avis de sa mère, il traînerait son père en justice pour l'obliger à reconnaître sa paternité. Il toucherait ainsi la part d'héritage qui lui revenait de droit. Il n'obtiendrait jamais de porter le nom d'Orsini, mais il s'en passerait. Il avait besoin d'une petite année de répit, le temps que tout se tasse. Il allait rompre en douceur avec Beatrice, ce n'était pas prudent de continuer à la voir. Il s'arrangerait pour éveiller les soupçons du mari, le meilleur moyen de mettre fin à cette liaison. Rares sont les femmes bien mariées qui par amour renoncent à la possibilité de s'acheter un joli sac, même si la rupture leur arrache le cœur. Encore une leçon qu'il avait apprise de Lucetta. Si l'inspecteur De Luca disparaissait sans laisser de traces, si sa voiture restait pendant quelques années à pourrir dans le parking souterrain de la Villa Borghese, où il l'avait garée, il pouvait espérer se faire oublier. S'agissant d'une flic, les recherches seraient méticuleuses, mais il était confiant. Personne ne connaissait l'existence de la chambre des amants.

Quand les deux flics, la blonde et la brune, étaient venues chez Beatrice pour l'interroger, elles lui avaient juste demandé si elle connaissait un copain de sa fille qui s'appelait Gabriele Pollastrini. Aucune allusion au cimetière des Anglais, pas de convocation à la Questura, pas de face à face. L'inspecteur De Luca n'avait pas reconnu Beatrice ! Elle suivait une piste en solitaire ; elle devait être du genre renfermé qui n'en fait qu'à sa tête. Un peu comme lui. Par moments, il avait l'impression de la comprendre, de pouvoir prévoir ses réactions, la preuve : il l'avait attirée dans son piège et elle y était tombée. Elle n'en sortirait pas. Il s'était renseigné sur elle : elle avait été *profiler* à ses débuts, c'est pour cette raison qu'elle avait dû sentir chez lui quelque chose qui avait éveillé son intérêt. Avait-elle deviné qu'il était tombé amoureux de Monica ? En tout cas, elle ne savait pas à qui elle avait affaire, sinon elle se serait méfiée. Elle avait même tué un homme au début de sa carrière, un meurtrier violeur qui s'était laissé piéger dans sa tanière. Mais lui, il ne s'était pas laissé piéger. Il n'était ni violeur ni meurtrier, il n'avait aucune pulsion dont il était l'esclave. Et à bien analyser ses actes, il n'avait même pas « tué » : il avait juste débarrassé le monde d'une criminelle dont la mère n'avait jamais payé pour avoir emmuré vivants son mari et une jeune fille dans la fleur de l'âge. Certes Lucetta n'était qu'une enfant à l'époque des faits, mais comment avait-elle réagi quand sa mère lui avait appris la vérité ? Cette vérité qu'elle avait effacée de sa mémoire pendant quarante ans ? Elle n'en avait parlé à personne. Sauf à lui. Et en lui en parlant, elle avait signé son arrêt de mort. Elle croyait qu'il pouvait tout accepter d'elle, même le crime. Possessive, sans scrupules, et en plus complice d'un assassinat : voilà qui était la femme qu'il avait longtemps aimée comme une grand-mère. En la faisant disparaître de la surface de la Terre, il avait rendu justice aux amants dont personne n'avait jamais connu le sort atroce. Mais il y avait eu Monica, et Monica c'était le destin, on n'y pouvait rien. Elle n'aurait jamais dû être sur la place, elle n'aurait pas dû mourir. Mais Monica n'était pas morte, elle vivait en lui. Elle vivrait même plus que lui car il avait l'intention de la rendre éternelle. Il revoyait l'ange sur la tombe de Story, au cimetière des Anglais : Monica aurait son ange, elle aussi. Monica avait-elle jamais été aussi présente dans le cœur d'un homme, quand elle était en vie ? Personne n'avait jamais aimé une fille vivante comme lui aimait sa morte.

Gabriele ramassa le blouson et le portable de l'inspecteur De Luca et les rangea dans un sac, qu'il referma avec précaution. Il ouvrit ensuite le tiroir de son bureau, s'empara d'un marteau et fracassa le portable à l'intérieur du sac. Ces affaires devaient disparaître avec leur propriétaire. Il ne garda que le carnet à dessin, qu'il commença à feuilleter. Elle avait du talent, cette flic. Il pensait ne trouver dans son carnet que des esquisses destinées à l'enquête, et il avait découvert de vrais dessins, certains très beaux. Il sourit en reconnaissant les choux à la crème de chez Damiani, elle en avait rempli plusieurs feuilles. Mais il eut un accès de rage en voyant le dessin de sa Honda. Si elle ne l'avait pas à ce point harcelé, elle ne serait pas enfermée au sous-sol, à l'heure actuelle ! Son sort, elle l'avait cherché ! La dernière feuille du carnet représentait un *cannolo siciliano* dans une vitrine. L'inspecteur De Luca ne s'était-elle pas trompée de voie ? Si elle avait exploité ses talents artistiques au lieu d'aller fouiner dans la vie des gens, elle aurait eu non seulement une autre vie, mais aussi une autre mort. Elle était vraiment douée… surtout pour les portraits. En quelques traits, elle saisissait l'essentiel.

En se faisant cette réflexion, soudain il eut une idée.

Cette fois Mariella se souvint de tout. Dès qu'elle ouvrit les yeux, elle sut qu'elle était prisonnière dans le sous-sol du bâtiment M, dans le Lot 12 de la Garbatella, et que son geôlier était Gabriele. Tout lui revint dans les moindres détails. Une soirée mal inspirée, une erreur fatale. À cette heure où elle aurait pu être dans sa loge à l'Opéra, ou dans son lit, ou, qui sait, avec Paolo, elle était à la merci d'un assassin dont elle avait sous-évalué la dangerosité. Elle en eut les larmes aux yeux. Qu'allait-il se passer ? Allait-elle mourir ici ? Elle se mit à imaginer la douleur de ses proches. Mais quels proches ? Elle n'avait plus de famille depuis la mort de son père à L'Aquila. Elle revit alors la clinique, en cet été caniculaire, et repensa à l'enquête sur les têtes coupées dans les catacombes[18]. Silvia la pleurerait longtemps. Le commissaire D'Innocenzo et sa femme revivraient avec sa disparition celle de Giuliano, leur fils unique dont les traces s'étaient évanouies en Inde quinze ans plus tôt. Genovese ressentirait une peine sincère. Casentini pleurerait avec sa mort celle de son enfant, disparu dix ans plus tôt. Même Salesi ressentirait quelque tristesse et qui sait, Lamorte aussi, le dernier arrivé dans la brigade. Elle sourit en réalisant à quel point cette liste était courte. La torche sur le sol s'était éteinte, la pile avait dû se décharger pendant son évanouissement. Elle chassa l'image des crânes qu'elle avait vus sur le lit : pour l'instant, elle ne voulait pas s'interroger sur d'autres histoires que la sienne.

« Je ne peux pas mourir ici ! »

Mariella s'interdit de se demander ce que Paolo ressentirait en apprenant sa mort. Que penserait-il après l'autopsie ? Qui lui apprendrait la nouvelle ? Devinerait-il qu'il était le père ? Croirait-il qu'elle avait voulu le lui cacher ?

« Mais je ne voulais pas le lui cacher, je voulais juste gagner du temps. J'espérais le revoir ce soir à l'Opéra après

18. Gilda Piersanti, *Bleu catacombes*, Le Passage, 2007.

trois mois d'absence. J'espérais qu'ensemble, nous prendrions une décision. Je n'aurais jamais dû faire ce détour à la Garbatella. Si je me retrouve ici, dans ce sous-sol, cernée par le noir et par deux crânes dont je ne connais pas l'histoire, c'est de ma faute. Mais je ne dois pas penser aux crânes ! Qui étaient-ils ? Ce n'est pas Gabriele qui les a tués, il est trop jeune pour ces crânes. Je ne dois surtout pas penser aux rats, il n'y a pas de rats ici, juste l'air qui manque. Et s'il n'y a pas d'autopsie ? Si je meurs ici et qu'on ne me retrouve jamais ? Je disparaîtrai dans cette cave avec mon secret. Avec mon enfant dans mon ventre qui, lui, ne mourra pour personne. »

Elle pensa à toutes les choses qu'elle n'avait pas faites et à toutes celles qu'elle n'avait pas dites. Des larmes coulèrent sur son visage. Demander une grâce à son bourreau ? Le supplier de révéler lui-même la vérité au père ? Il ne pourrait accepter, car il se dénoncerait. Il lui fallait pourtant partager son secret. Il fallait que quelqu'un sache, fût-ce son assassin ! Mariella eut soudain hâte qu'il revienne, elle avait besoin de le voir pour lui confier ce qu'elle n'avait confié à personne. Et s'il ne venait pas ?

La clé tourna dans la serrure.

Mariella s'immobilisa. Elle n'osait pas bouger la tête. Elle eut juste le temps d'apercevoir un minuscule cône de lumière apparaître puis disparaître sur le sol. Gabriele referma la porte. Il la souleva, lui passa un bras autour du cou, instinctivement elle tenta de lui donner des coups de pied. De sa main libre, il lui renversa la tête en arrière et lui appliqua un bâillon sur la bouche.

– Arrêtez de vous défendre, vous ne ferez que vous blesser.

Elle se calma.

« Réfléchis à la meilleure manière de l'amadouer, trouve la bonne conduite. »

À quoi sa formation de *profiler*, ses stages de psychologie criminelle à Scotland Yard lui servaient-ils aujourd'hui ? Elle se sentait aussi démunie qu'une gamine enlevée à la sortie de l'école.

« Réfléchis ! Ne te laisse pas dominer par la peur ! Réagis ! Regarde-le dans les yeux ! »

Mais il faisait noir. Gabriele lui parla au plus près de l'oreille, elle sentit son souffle sur sa nuque.

– Je vais vous sortir d'ici, Mariella. Vous allez être éblouie, il y aura de la lumière dans la cave.

La cave ? Elle ne comprenait pas de quoi il parlait : il y avait donc une deuxième cave ? Il la traîna dans une grande pièce qu'elle parcourut des yeux. Gabriele la tenait solidement, elle avait mal au cou. Puis elle le vit. Il avait revêtu une combinaison de scène de crime. Elle trembla de tous ses membres.

– Maintenant, je vais vous relâcher, dit-il, je vous déconseille de tenter quoi que ce soit.

Elle lui lança un regard qu'elle regretta aussitôt. C'était une erreur de lui montrer son aversion, elle devait plutôt rechercher le contact. Rien de ce qu'elle avait appris ne lui servait ici car elle était passée de l'autre côté du miroir. Était-ce ce que pensaient toutes les victimes ? Elle mourait d'envie de lui crever les yeux, la haine montait en elle comme une fièvre. Mais il était fort et elle sans forces. Elle vit un chevalet de peintre dans un coin, en dessous d'un soupirail. Où était-elle ?

– Baissez les paupières pour dire que vous acceptez mon contrat, dit-il.

« Quel contrat ? »

– Si vous ne l'acceptez pas, vous mourrez tout de suite.

« Qui es-tu Gabriele ? »

– Écoute-moi bien, dit-il.

Mariella le foudroya du regard.

– Ne te froisse pas si je te tutoie. Étant donné les circonstances, ce serait ridicule de continuer à se faire des politesses, tu ne crois pas ? Alors voilà : j'ai feuilleté ton carnet.

Elle sursauta.

– Tu es douée, il faut l'admettre. J'aime ce que tu fais. Tu sais peindre aussi ?

« Crève ! »

– J'ai dit : paupières fermées pour dire oui, paupières ouvertes pour dire non ! Tu ne veux pas discuter ?

« Discuter ? »

Il apporta un tabouret et l'obligea à s'y asseoir. Il s'accroupit à ses côtés. Comment devait-il la voir en ce moment ? Visage bouffi par la terreur, robe déchirée, bas en lambeaux : il était facile de la mépriser. C'est toujours plus facile quand la victime se déshumanise.

– Je te raconterai une histoire, petite Mariella. Est-ce que je peux t'appeler par ton prénom ?

« Va te faire foutre ! »

– J'ai lu des choses sur toi, je me suis documenté. C'est de ta faute, remarque, tu t'es beaucoup trop intéressée à moi. J'ai lu, par exemple, une interview de ta coéquipière, la blondasse, tu dois te rappeler, c'était cet article dans *Amica* au sujet des femmes qui font des métiers dangereux. Eh bien, ta copine y parlait plus de toi que d'elle-même : elle disait que tu étais claustrophobe…

« Salaud ! »

– Au début, je voulais t'enfermer dans la cave et t'y laisser mourir : de soif, de faim et de peur. Et d'asphyxie, ça va de soi. Puis quand j'ai vu ton carnet, je me suis dit que tu méritais un traitement spécial.

Mariella ne savait que faire de ses mains qui tremblaient.

– Dis-moi, mon chou…

Il éclata de rire, sans pouvoir s'arrêter.

– Ah, ces choux à la crème ! Quelle stupide erreur ! Je ne sais pas ce qui m'a pris, ce soir-là, de me les envoyer l'un après l'autre et d'aller jeter la boîte à l'autre bout de Rome ! Tu veux savoir où je l'ai jetée cette boîte qui te tracassait tant ?

Mariella gardait les yeux écarquillés, elle était paralysée par la terreur.

– Non, tu ne veux pas savoir ? Tu sais que pourtant je n'aime pas la crème. Mais bon, ça devait être la tension : je venais d'étouffer Lucetta, j'avais tout nettoyé, rangé... Bref ! J'avais faim, ça m'a calmé. En tout cas, tu as été maligne, tu as tout de suite trouvé ce qui clochait. Tu peux être fière, mais tu vois où ça t'a menée ?

Qu'allait-il faire d'elle maintenant qu'il avait avoué ?

– As-tu parlé de tes soupçons avec quelqu'un ? lui demanda Gabriele.

« Paupières ouvertes pour dire non », se répéta Mariella.

– C'est vrai ? À personne ? Même pas à ta Marilyn ? De toute façon, ça ne changera rien. Qui aurait l'idée de venir te chercher ici ? Quant à ta voiture... Là où elle est, on peut la chercher longtemps. Nous avons toute la nuit devant nous.

Mariella cogna le sol de ses pieds nus.

– On se calme.

Il prit ses mains entre les siennes et les serra très fort. Puis il bloqua ses genoux entre les siens jusqu'à lui faire mal. Elle le regardait les yeux grands ouverts.

– Si tu ne veux pas d'une mort douloureuse, tu dois accepter mon contrat, Mariella. Je le dis dans ton intérêt : tu ne veux pas en arriver à te mordre un bras ou une cuisse parce que tu meurs de faim ?

Elle était tombée dans les mains d'un fou.

– Dis-moi oui, et tu connaîtras la vérité.

« Et ma vérité, à moi, qui la connaîtra ? »

Des larmes se mirent à couler le long de ses joues.

– Qu'est-ce qui t'arrive ? Tu pleures ?

Elle libéra une de ses mains, s'essuya le visage, ferma les yeux.

– Merci d'accepter mon contrat, Mariella. Tu ne le regretteras pas. Je vais d'abord t'expliquer en quoi il consiste, ensuite je te raconterai mon histoire.

Il s'approcha tout près, visage contre visage : allait-il la violer ? Sa paupière gauche bougeait toute seule.

– Tu feras mon portrait, dit-il.

OÙ ES-TU, MARIELLA ?

Seule au volant de sa voiture, Silvia se sentait morose. Elle avait décidé de rentrer chez elle plus tôt que prévu, la soirée ne lui avait pas changé les idées. Elle n'avait pas cessé de penser à l'enquête. Elle aurait mieux fait de proposer à Mariella d'aller avec elle à l'Opéra, après tout elle n'avait peut-être personne pour l'accompagner. Elle avait bien senti que Mariella hésitait à l'inviter, elle aurait dû se montrer plus disponible. Elle repensait à leur conversation, quand elles s'étaient arrêtées à la pâtisserie Alari, après la visite chez les Pecorelli : les intuitions de Mariella n'étaient pas dépourvues de fondement. Il fallait approfondir les relations entre Lucetta Baldelli, Gabriele Pollastrini et la mère de la victime. Silvia ressentit brusquement le besoin d'en reparler avec sa coéquipière, la nécessité d'agir la démangeait. Il était vingt-trois heures passées, le spectacle était peut-être terminé. Elle emprunta la voie réservée aux bus, accéléra et tourna en direction de l'Opéra. Elle attendrait Mariella à la sortie, et si elle était seule, elle lui proposerait d'aller faire un tour au bureau.

Elle se gara Via Torino, puis marcha jusqu'au théâtre. L'entrée grouillait de monde, le spectacle était terminé. Les gens s'agglutinaient ou se dispersaient, certains sortaient, s'arrêtaient un moment pour discuter, puis ils reprenaient leur marche d'un pas lent ou pressé vers les voitures, les bus ou les taxis. D'autres traînaient sur la place devant l'Opéra, ils téléphonaient ou n'en finissaient plus de se saluer. Silvia pénétra dans le hall et commença à regarder de tous les côtés, s'attendant à voir surgir Mariella. Mais le hall s'était vidé, il n'y avait plus personne. Était-elle partie avant tout le monde ? Elle l'appela sur son portable, mais Mariella ne répondait pas. Silvia laissa un message : « Je suis devant l'Opéra, je ne te vois pas. Appelle-moi ! » Peut-être avait-elle revu Paolo et étaient-ils ensemble en ce moment même. Après tout, elle ne savait pas grand-chose sur leur séparation. Déçue, Silvia regagna sa voiture. Au moment d'ouvrir la portière, elle aperçut Paolo en compagnie d'une blonde. Ce n'était donc pas lui qui retenait Mariella. Peut-être que finalement elle n'était pas allée à l'Opéra. C'était bien son genre, de prévoir une chose, puis d'en faire une autre !

Silvia démarra. Elle irait finir la soirée seule au bureau. Elle emprunta la Via Genova, tourna Via San Vitale, entra dans la cour de la Questura. Elle se gara, mais ne sortit pas de sa voiture. Elle appela de nouveau Mariella et tomba encore une fois sur son répondeur. Elle laissa un deuxième message, puis redémarra et quitta la Questura. Et si elle allait sonner directement chez elle ? Elle ne pouvait être déjà couchée à cette heure un samedi soir ! Et si elle était avec quelqu'un ? Plongée dans ses pensées, Silvia filait dans les rues de la ville, en ce soir de printemps où les Romains semblaient avoir tous eu en même temps l'envie de sortir de chez eux. En moins de vingt minutes, elle arriva en bas de chez Mariella, Lungotevere degli Artigiani. Elle appuya sur la sonnette à plusieurs reprises. Pas de réponse.

« Où es-tu, Mariella ? »

ANGE OU DÉMON ?

Il lui avait apporté ses crayons Conté noir et rouge, mais il avait gardé le carnet. Il lui avait préparé une grande feuille sur le chevalet, fixée sur une planche de bois. Il l'avait installée debout face au chevalet, sans lui enlever son bâillon. Ensuite, il s'était assis derrière le chevalet, de face, et il l'avait invitée à commencer son portrait. Elle l'avait longuement regardé avant de poser son crayon sur la feuille, il était flatté qu'elle étudie ses traits.

Dès qu'elle commença à dessiner, elle se prit au jeu. Gabriele resta d'abord silencieux, puis voyant qu'elle dessinait comme s'ils n'étaient pas tous les deux enfermés dans une cave, avec la perspective pour lui de commettre un troisième meurtre et pour elle de mourir, il commença à tout lui raconter. Il n'illustrait pas ce qu'il avait fait, il n'alourdissait pas son récit avec des explications, il ne se cherchait aucune excuse : il disait les choses telles qu'elles étaient. Sans jugement et sans passion. Lucetta méritait de mourir, Monica était morte. Enfant, il avait aimé Lucetta, mais il avait découvert en grandissant qu'elle était possessive, égoïste, avide, malfaisante et criminelle. Il aimait Monica d'un amour pur, plus fort que la mort, éternel. Oui, c'était bien la mère de Monica qu'elle avait vue au cimetière des

Anglais. Beatrice lui avait donné le portrait de sa fille, il l'avait accroché dans sa chambre à côté d'un tableau plus ancien qui avait appartenu à Graziella, l'un des deux crânes dans la petite pièce. C'était une histoire tragique, voulait-elle l'entendre ? Il la lui raconta sans se soucier de sa réponse. Il avait commencé une collection de portraits sur le thème : « La jeune fille et la mort. » Quand sa collection se serait enrichie, il l'exposerait au grand jour. Il lui donnerait le nom de « Monica », ce serait son tombeau.

Mariella l'écoutait et elle savait qu'en l'écoutant elle perdait tout espoir de survie. Jamais il ne l'épargnerait après lui avoir tout révélé. Elle s'acharna sur le crayon, intensifia les traits ; le visage sur le papier restait beau malgré le dégoût qu'il lui inspirait.

– Tu vivras le temps de ce portrait, lui dit enfin Gabriele. Et je l'entends dans les deux sens : tu vivras le temps nécessaire à son exécution et aussi longtemps qu'il existera.

Il la regarda en cherchant dans ses yeux quelque improbable complicité, elle en fut horrifiée.

– Quand tu auras rempli ton contrat, je t'aiderai à mourir sans souffrir.

Les jambes de Mariella se faisaient molles, elle s'accrocha au chevalet. Elle ne voulait pas tomber. Elle regarda fixement la pointe de son crayon, puis continua de noircir le papier jusqu'à sentir ses jambes se noyer dans un liquide poisseux et paralysant. Elle baissa les yeux et vit le sang couler le long de ses bas déchirés. Elle comprit ce qui était en train de se passer et se laissa tomber de tout son poids.

Gabriele bondit à ses côtés. Il s'accroupit pour tenter de la ranimer. Puis il vit le sang et paniqua. Il s'approcha de sa bouche pour voir si elle respirait encore. Brusquement, Mariella lui enfonça dans l'œil la pointe de son crayon. Ce fut ensuite l'affolement : elle réussit à se relever ; il hurla de toutes ses forces en essayant de la retenir. Elle parvint néanmoins à atteindre la porte. La clé était encore dans la serrure, elle la tourna en tremblant. Il se tamponna l'œil avec un torchon maculé de peinture et se jeta sur elle. Elle s'arracha à son étourdissement, réussit à sortir de la cave, voulut courir dans le couloir du sous-sol, mais ses jambes étaient devenues de marbre. On n'y voyait rien. Gabriele l'attrapa par les cheveux et la traîna de nouveau à l'intérieur de la cave.

LE CARNET DE MARIELLA

Silvia ne pouvait se décider à rentrer chez elle. Elle était retournée à San Vitale, les couloirs de la Questura étaient vides, les agents de garde discutaient dans leur coin. Elle s'enferma dans son bureau, appela Mariella une nouvelle fois, laissa un nouveau message. Elle devait avoir un sacré empêchement pour s'obstiner à ne pas la rappeler ! « J'espère que tu t'éclates ! » dit-elle à voix haute en ouvrant ses tiroirs l'un après l'autre. Elle ne trouva rien d'intéressant, même pas ces gâteaux dont Mariella raffolait autrefois, les Oswego. C'était une fille qui ne laissait pas de traces, on ne pouvait rien découvrir sur sa vie privée en fouillant dans ses affaires. Aucune feuille, aucun mémo, elle prenait ses notes en dessinant dans son carnet, qu'elle avait toujours sur elle. Où était-elle allée ce soir ? Silvia avait attendu une demi-heure en bas de son studio, après avoir sonné plusieurs fois à l'interphone. Pourquoi ne répondait-elle pas à ses messages ? Aucun flic ne restait aussi longtemps sans répondre. Elle n'avait pas écouté sa boîte vocale, c'était la seule explication. Ou bien elle était en bonne compagnie, ou bien elle ne pouvait utiliser son portable.

Silvia ouvrit un dossier et commença à relire quelques auditions de témoins. D'abord les déclarations de la patronne de la pâtisserie Damiani racontant que la victime lui avait dit qu'elle ne viendrait plus très souvent à la Garbatella, puis de nombreux bavardages : une ouvreuse du Palladium affirmant que le tueur venait forcément d'un autre quartier de la ville, puisque la victime n'était pas une fille de la Garbatella, les Marini racontant que leur quartier était devenu invivable depuis que n'importe qui s'y sentait chez soi… Rien d'intéressant, en somme. Silvia parcourut enfin d'un air blasé le témoignage d'un certain Remo Cori, coiffeur de son état. Il officiait Via Passino dans une boutique au rez-de-chaussée du Lot 12, à côté d'une des entrées latérales du théâtre Palladium. Il parlait de Lucetta Baldelli, qu'il connaissait depuis l'enfance : une femme à poigne qui ne s'était jamais laissé attendrir par personne. Sauf par Gabriele Pollastrini, ce garçon qui avait réussi à « lui voler son cœur », comme elle le disait elle-même. Soudain Silvia se fit attentive, ce témoignage pouvait intéresser Mariella. Le coiffeur disait qu'il fallait « se méfier de l'eau qui dort ». Pour illustrer son propos, il expliquait que Gabriele était beaucoup plus malin qu'il ne paraissait et que, sous ses airs gentils, il méprisait tout le monde. Lucetta ne tarissait pas d'éloges à son endroit mais, selon le coiffeur, son protégé profitait de son affection et n'hésitait pas à lui mentir : un matin, par exemple, Lucetta lui avait dit que Gabriele n'avait pu l'accompagner chez le cardiologue parce qu'il avait cours, mais lui, le coiffeur, il l'avait vu partir à moto, puis, dix minutes plus tard, revenir à pied dans l'immeuble. Il avait alors envoyé son apprenti voir ce qu'il manigançait et Pinuccio, c'était le nom de l'apprenti, l'avait vu descendre au sous-sol du bâtiment M. Il n'avait rien dit à Lucetta, car de toute façon, concluait-il, elle était aveugle quand il s'agissait de Gabriele et elle était capable de ne plus vous adresser la parole si vous aviez des propos désobligeants envers lui.

Silvia referma le dossier, il était une heure quarante-cinq. Elle ramassa ses affaires, quitta le bureau et dévala le grand escalier de la Questura. Dans la cour, quelques voitures attendaient paisiblement que la nuit se termine ; il y a des nuits où rien ne se passe, même à la brigade criminelle. Silvia démarra. Elle se coucha aussitôt rentrée, mais vers cinq heures du matin, elle se réveilla, en proie à une très grande anxiété. Elle se leva pour aller vérifier les messages sur son portable, il n'y en avait pas. Elle appela de nouveau Mariella, toujours pas de réponse. Alors elle enfila son jean et sortit. Moins d'un quart d'heure plus tard, elle sonnait de nouveau à l'interphone de Mariella. Tant pis si elle la réveillait, elle était à bout de nerfs, il fallait qu'elle la voie tout de suite. Aucune réponse. C'était un immeuble de bureaux, le studio de Mariella était le seul appartement occupé ; en plus, aujourd'hui c'était dimanche et le gardien n'ouvrirait même pas la porte cochère. Elle n'avait aucun motif sérieux pour le réveiller avant l'aube. Et puis, même si elle le réveillait et qu'elle montait chez Mariella, qu'obtiendrait-elle en fin de compte ? Mariella avait découché, c'était évident. Alors, quand Silvia regagna sa voiture, elle sut instinctivement quelle direction prendre. Si Mariella avait renoncé à *Tosca*, il fallait que ce soit pour une bonne raison. Elle n'en voyait qu'une.

Le jour commençait à se lever quand Silvia arriva dans le quartier du meurtre. Elle avait hâte de demander à Gabriele Pollastrini si la veille au soir il n'avait pas vu l'inspecteur De Luca. Elle avait tellement insisté afin que Mariella le convoque pour éclaircir cette histoire du cimetière des Anglais… Elle se dit qu'elle avait peut-être été entendue au-delà de ses espoirs. Mariella s'était peut-être décidée à aller l'interroger chez lui, un samedi soir, histoire de le surprendre. Silvia fit le tour du quartier et fouilla du regard les rues désertes qu'elle traversait : pas l'ombre d'une Fiat 500 bleu ciel. Elle se gara devant l'entrée du Lot 12, se dirigea vers le bâtiment M, sonna à l'interphone. Elle laissa l'index appuyé sur le bouton, ce matin madame Pollastrini se réveillerait de bonne heure. Un monsieur qui sortait promener son chien lui ouvrit la porte et la salua comme s'il la reconnaissait ; elle se jeta dans le hall et se précipita chez les Pollastrini.

Sonnette, coups répétés, téléphone : à force, des pas se firent entendre derrière la porte. Albina ouvrit, elle avait reconnu la flic depuis le judas.

– Que se passe-t-il ? demanda-t-elle, mal réveillée.

– Où est votre fils ? demanda Silvia.

Inquiète, Albina répondit :

– Il dort. Vous avez vu l'heure ? Mais qu'est-ce qui se passe ?

– Où est sa chambre ? insista Silvia.

– Que lui voulez-vous, à mon fils ? se rebiffa Albina qui n'avait pourtant pas l'habitude d'opposer de résistance à qui que ce soit, et encore moins à un flic.

Silvia ouvrit une porte, ce n'était pas la bonne. D'un air dépité, Albina la dépassa et, sans un mot, alla ouvrir une petite porte qui semblait être celle d'un débarras. Elle s'exclama :

– Gabriele !

Silvia entra dans la chambre : le lit était vide.

– Je ne comprends pas, dit Albina, il est très tôt, et puis c'est dimanche…

Le visage décomposé, elle demanda :

– Il a dû lui arriver quelque chose… C'est pour ça que vous êtes là ?

Silvia ne lui répondit pas, elle parcourait la chambre du regard.

– Oh mon Dieu ! s'exclama alors Albina en s'accrochant à son bras.

Silvia l'envoya valser sur le lit. Son visage s'était transformé. Elle venait de reconnaître le carnet de Mariella sur le bureau de Gabriele.

Moins d'une demi-heure plus tard, le Lot 12 était cerné par la police et une équipe investissait le sous-sol du bâtiment M. Visage tiré, incapable de prononcer un mot, le commissaire D'Innocenzo descendit les escaliers qui menaient au sous-sol, accompagné de Silvia, visiblement très affectée. Les agents commencèrent, par groupes de deux, à forcer les portes de toutes les caves. Personne nulle part. Quand ils arrivèrent devant la cave au fond du couloir, ils eurent la surprise de voir Gabriele ouvrir la porte, l'œil gauche protégé par un pansement. Il manifesta son étonnement avec sa politesse habituelle. Silvia se jeta sur lui et personne ne l'arrêta.

– Où est-elle ?

Gabriele ne répondit pas. D'Innocenzo lui demanda avec une rage à peine contenue :

– Qu'est-il arrivé à votre œil ?

De ce sang-froid qui faisait sa force, Gabriele expliqua, en désignant un bout de fer rouillé qui dépassait du mur :

– Je me suis cogné contre ce clou.

Les agents commencèrent immédiatement à fouiller la cave, D'Innocenzo s'adressa à Silvia en lui indiquant un tabouret dans un coin :

– Mettez-le là.

Silvia traîna Gabriele jusqu'au tabouret, il s'y assit docilement.

– Que fait le carnet de l'inspecteur De Luca sur votre bureau ? demanda D'Innocenzo.

Gabriele regarda sans émotion le carnet que le commissaire avait à la main et il répondit d'une voix monocorde :

– C'est toute une histoire, vous n'allez pas me croire.

Silvia le gifla de toutes ses forces. Il en fut vexé mais il se maîtrisa et poursuivit sans lui adresser un seul regard :

– Hier, vers la fin de l'après-midi, il devait être dix-huit heures trente, j'ai croisé l'inspecteur De Luca en bas de mon immeuble. Elle souhaitait me parler. Je lui ai proposé une balade à moto, elle a accepté. Nous avons fait un tour, je lui ai montré le quartier. Puis Mariella m'a dit – pardon, c'est elle qui m'a prié de l'appeler par son prénom –, donc elle m'a dit qu'elle voulait faire mon portrait. Et elle m'a montré son carnet.

Il s'interrompit, regarda de nouveau le carnet que le commissaire tenait à la main, et continua :

– Nous sommes restés ensemble assez tard, puis vers vingt-deux heures trente je suis rentré. Ma mère pourra vous le confirmer. En rangeant mon casque dans le coffre de la moto, j'ai vu le carnet de Mariella : elle l'y avait mis pendant notre balade. J'ai voulu le lui rendre, mais sa voiture n'était déjà plus là.

– Menteur ! hurla Silvia. Jamais elle n'aurait eu envie de dessiner ta sale gueule ! Jamais elle ne t'aurait permis de l'appeler par son prénom ! Pour elle tu étais le suspect numéro un !

Tout le monde la regarda, surpris. Le commissaire D'Innocenzo fronça les sourcils.

– Suspect de quoi ? demanda Gabriele. Elle a fait mon portrait, je peux vous le montrer.

Il fit mine de se lever, mais Silvia le bloqua sur le tabouret. D'Innocenzo lui fit signe de le laisser faire. Gabriele alla chercher un grand album sur un vieux meuble fixé au mur et il le remit au commissaire qui, avant de l'ouvrir, passa à Silvia le carnet de Mariella. L'album contenait des feuilles blanches et un seul dessin : c'était le portrait de Gabriele Pollastrini ; ses traits parfaits, son nez régulier, ses boucles qui encadraient doucement son visage. Mais les yeux étaient vides, sans sourcils, sans paupières, sans regard. « Comme dans la tête de Latone au musée du Capitole », pensa le commissaire.

– Il n'est pas fini, on avait prévu de se revoir, dit Gabriele.

À la vue de ce portrait, Silvia s'effondra. Le commissaire continuait à le regarder, il analysait chaque détail. C'était bien De Luca qui l'avait exécuté, il reconnaissait son trait. Soudain, à l'arrière-plan du dessin, il reconnut le meuble fixé au mur de la cave.

– Ce portrait a été exécuté ici.

Silvia ouvrit grand ses yeux, Gabriele ne nia pas.

– Je ne voulais pas vous parler de ça parce que Mariella, n'en déplaise à mademoiselle, m'a prié de ne pas le révéler.

Il fit une pause, vérifia l'effet de ses paroles, puis continua :

– Après notre petite balade à moto, Mariella m'a demandé si je ne connaissais pas un endroit tranquille où nous pourrions aller, et pas que pour faire mon portrait, si vous voyez ce que je veux dire.

Le coup de poing lui cassa le nez, il hurla, son visage se couvrit de sang. Silvia resta bouche bée, c'était la première fois qu'elle voyait le patron frapper un témoin.

Gabriele fut remonté chez lui par Salesi et Casentini qui le gardèrent sous surveillance dans sa chambre. On obligea Albina à rester confinée dans sa cuisine, elle ne vit pas que son fils était blessé à l'œil et au nez. Elle ne fut pas non plus informée des lourds soupçons qui pesaient sur lui, mais on la rassura sur sa santé. C'était tout ce qu'elle demandait. La police fouilla la cave de fond en comble mais elle ne trouva rien de suspect. Le cœur serré, ils s'apprêtaient tous à remonter, quand le commissaire se mit soudain à renifler bruyamment.

– Vous ne sentez rien ? demanda-t-il.

Silvia ferma les yeux.

– Ça sent le gaz.

Genovese se concentra.

– Ça sent le ciment.

D'Innocenzo s'approcha du meuble fixé au mur, il le secoua, des boîtes tombèrent.

– Ça sent plus fort de ce côté-ci, dit-il.

Un des agents intervint alors pour confirmer :

– C'est justement ce que je faisais remarquer tout à l'heure à mon collègue, dottor D'Innocenzo.

Le commissaire ordonna qu'on décroche le meuble du mur.

– Ces trous m'ont l'air d'avoir été percés très récemment, dit Genovese, mais il y en a aussi de plus vieux juste à côté.

Quand le meuble fut déplacé, le mur fraîchement monté apparut. Il n'y eut pas besoin de mots, ils avaient tous compris. Genovese courut chercher de l'aide et les outils nécessaires pour abattre le mur.

– De Luca, vous m'entendez ? hurla le commissaire en donnant des coups de poing sur la paroi.

– Mariella, réponds ! cria Silvia.

Genovese revint, suivi de trois agents munis de masses. Ils démolirent le mur et dégagèrent la porte de la petite pièce. Quand le trou fut assez large pour lui permettre de passer, le commissaire ordonna :

– Abattez-moi ça !

Une fois la porte défoncée, il pénétra dans la petite pièce, suivi de Silvia et de Genovese.

Méconnaissable, petit paquet de chiffons, Mariella gisait au sol, inanimée. Ses cuisses étaient couvertes de sang séché, elle avait le visage tuméfié.

– Appelez une ambulance ! hurla le commissaire avant que le cri de Silvia ne lui perce les oreilles.

Car elle venait de voir les deux squelettes sur le lit. Le commissaire les aperçut lui aussi, mais il n'y prêta aucune attention. Il ne voyait que De Luca. D'abord il n'osa pas la toucher et resta accroupi à ses côtés, avec Genovese qui le regardait sans dire un mot et Silvia qui sanglotait. Puis obéissant à une intuition plus forte que la prudence, il souleva Mariella, la prit dans ses bras et la remonta jusqu'à l'entrée de l'immeuble où ils attendirent l'arrivée d'une ambulance. Silvia monta dans l'ambulance avec Genovese. Le commissaire les regarda s'éloigner, puis il fonça chez les Pollastrini. Sans dire un mot, il suivit Salesi dans la chambre de Gabriele. Son beau visage déformé par les blessures, le jeune homme était allongé sur le lit et regardait deux tableaux accrochés au mur en face de lui. L'un représentait une jeune fille assoupie, l'autre un ange aux grandes ailes déployées ; leurs visages encadrés par la même chevelure auburn se ressemblaient. Le commissaire attrapa Gabriele par le cou et il lui dit :

– Prie pour qu'elle s'en sorte car personne ne priera assez pour toi si elle ne s'en sort pas.

THÉORIE DES CATASTROPHES

– C'est le choc, dit le professeur Ungaretti.

Le commissaire D'Innocenzo aurait préféré le voir seul, mais il était entouré de son équipe au complet. Même Casentini avait passé le dimanche à l'hôpital, malgré les appels répétés de sa femme. Ils avaient tous proposé leur sang pour la transfusion dont Mariella avait besoin, finalement on avait choisi Silvia et Salesi. Pendant cette longue journée, ils étaient tous restés devant la porte du bloc opératoire. Personne n'avait voulu rentrer chez soi.

– Le choc, continua le professeur, mais aussi une insuffisance respiratoire... Elle a perdu beaucoup de sang. Elle devait être enfermée dans cette cave depuis au moins cinq ou six heures. Mais vous êtes arrivés à temps. Pour elle... malheureusement pas pour le fœtus.

Tous restèrent sans voix, sauf Silvia.

– Quel fœtus ? demanda-t-elle. Vous êtes sûr, professeur, que vous êtes en train de parler de l'inspecteur De Luca ?

– De qui d'autre ? Votre collègue était enceinte d'environ trois mois, nous avons dû pratiquer un curetage. Pour l'instant, elle se trouve en salle de réveil. On la garde sous observation. Le fœtus était mort depuis plusieurs heures, mais elle, elle est hors de danger.

Une fois le professeur parti, ils restèrent tous immobiles devant la porte de métal qui menait à la salle d'opération. Personne n'osait réagir à cette nouvelle.

– Elle n'en savait rien elle-même ! s'écria soudain Silvia. Sinon je l'aurais su !

Ils la regardèrent tous avec sympathie : puisqu'elle voulait y croire ! La vérité était que Mariella, personne ne la connaissait.

Vers la fin de ce dimanche des Rameaux, Mariella fut amenée dans une chambre au cinquième étage du bâtiment de gynécologie-obstétrique. Quand elle ouvrit les yeux et vit la brigade au complet entassée dans la petite pièce, avec le commissaire derrière tout le monde et Silvia au premier rang, elle dit d'une voix si faible qu'ils purent à peine l'entendre :

– Dites-moi que je ne suis pas morte.

Ils furent tous pris d'un fou rire. Silvia attrapa sa main, abandonnée sur le drap, et lui dit :

– Si tu me refais un coup pareil, je te tue !

Puis elle demanda au professeur Ungaretti si elle pouvait passer la nuit au chevet de sa coéquipière. On amena un petit lit de camp dans la chambre. À la fin, tout le monde quitta l'hôpital, soulagé. Le commissaire D'Innocenzo ordonna à Silvia de l'appeler à n'importe quelle heure au cas où il se produirait quelque chose d'imprévu. Mais l'imprévu, cette nuit-là, ne devait pas concerner spécialement l'inspecteur principal Mariella De Luca. Car à trois heures trente-deux minutes et quarante-deux secondes du matin, Silvia tomba du lit de camp où elle dormait profondément et Mariella fut brusquement réveillée par la petite armoire qui venait de tomber elle aussi, dans le plus grand des fracas. Tout l'hôpital se réveilla en même temps, un brouhaha grandissant envahit les couloirs et les infirmières commencèrent à ouvrir toutes les portes. Tous apprirent ainsi, avec consternation et douleur, qu'un séisme désastreux venait de détruire la ville de L'Aquila, à cent dix kilomètres à l'est de Rome. Quand plus tard on compta les morts et qu'on dressa le bilan de la catastrophe, les chiffres furent aussi effrayants que les images transmises par toutes les télévisions : 308 morts, 1 179 blessés, 25 000 sans-abri, 10 000 bâtiments détruits ou gravement endommagés. Pendant cette triste nuit du 6 avril 2009, Mariella oublia le cauchemar de son enfermement dans la cave et pleura sa ville de L'Aquila.

Paris-Rome, 15 avril 2010

TABLE

Achevé d'imprimer sur les presses de France Quercy à Mercuès en octobre 2010